震えたのは

岩崎航

大気を呼吸すること
体に栄養を取り入れること
トイレに行くこと
自宅に住まうこと
おしゃべりすること
珈琲を飲み、酒を飲むこと
外に出かけること
ああだこうだと仕事すること
愛すること
つながりあって

人々の中で生きて死ぬこと
それを人間らしく望んでいるだけだ

目次

震えたのは

久しぶりに出てみて気がついた
街の外気感は
なんと強力なことか
そして動的だ
この真っただ中で皆《み》んな生きているんだ

太刀を抜け
太刀を抜け
今　太刀を抜け
生命《いのち》の奥座敷に
据えてあるはず

病　あることを
蝸牛《かぎゅう》の殻に
したことがある
亀の甲羅に
したことがある

昏《くら》い谷底を前に
震えたのは
生きているから
温かい血が
通っているから

まちがえられたということは
たよりないからではなくて
あなどられたわけでもなくて
えらそうに見えなかったから
それは、あなたの強みです

勇気を出すために
ちょっとだけ
玄関の前に佇んだ
扉をたたく新たな運命に
居留守は、できない

せまい自分が
見えも知りもしなかったところでも
あたらしい地平は明るみ
果敢に
広がりつづけていた

夜　おもてに出て
あなたと一緒に月を見たい
ぼくは
そう思えて
うれしくなってきた

善かれ悪しかれ
怒濤の波が
押し寄せるだろう
ものともしない
船つくるのだ

ぼくの手が
すこし震えているのが
わかった
大海原へと
今、漕《こ》ぎだしていく

詩群　一

これからだ
開けゆく未来も
すべてこの
今日の心が
決めていく

できるんだ
なんとかなるんだ
太陽のような呼びかけに
こころの皺が
伸ばされていく

一歩、踏みだし
走りだせたら
その勢いは少しずつ
小さな自分を
狩り出していく

先の破綻などを
いくつもムダに予想して
気力も何も
すり減らしていた
今を見殺しにしていた

疲れたよ
落ち込んだよ
でも、
再び立って
今日を奏でる

おちたり
あがったりもして
逞《たくま》しく
飛行の高度を
上げていけばいい

それぞれの
一歩、一歩を
よろこびあえる人がいる
背中に春風《はるかぜ》
はらんでいくよ

お花見散歩の
かたわらを
きまぐれ野良猫
つかず離れず
しばしのお伴《とも》

しあわせ
輝く
こころの大地は
すべて自身で
拓けと母は

電話口で
ほとんど聞き取れない
気《き》切《せっ》の声でも
ちゃんと思いが
伝わってくる

鼻マスクをつけ
蛇管《だかん》をつけ
ほらほら
眺めてみると
小さなゾウさん

ねこやなぎの
もふもふのような
てざわりの
はるをひかえる
ふゆのよさ

気さくにポンと
肩を叩いて
スッと去っていく
微風《そよかぜ》のような
言葉がある

ときに微笑み　冬
生きるなら
かなしみ
よろこび
双子桜が胸もとに

病と向き合い
堂々生きる
そこから始まる
地平線に
太陽が　昇る

境遇なんて関係ない
今日も闘う全ての人には
決して
つぶされはしない
一本の滑走路があるんだ

時にも洗われて
だんだんに
自己治癒していった
心の軌跡を
大切にする

最後の
最後の
死にものぐるいで
生きていったら
青空ひらく

新たな病に
涙がひと筋
ながれていった
でもそれは
熱いものだ

飛翔しようと
助走が極まった
ぼくの本気を見て
今　吹き出した
向かい風

暮らしに
潤いを添えるのに
必要と思う
ささやかな
自発力

山　また　山
谷　また　谷
全て踏み越え
旅の終わりに
見るもの如何《いかに》

父と母が
受けきった
かなしみ
そのままになんか
しはしない

少しずつ解《ほぐ》れ
蘇ってきた心の
その温かさで
もう一度
今と未来をかき抱く

感情の蜘蛛《くも》の巣
どんどん
もつれた
かなしみの朝も
お昼には晴れ

えーっと
どうするんだっけ？
留守電操作に
まごまごまごの
母が好きだ

恐れをなせば
先の結果に
思いを巡らし
沈むばかり
退《しりぞ》くばかり

あなたの
こころの宝ものを見ていたら
溢れてきた
ぼくの
こころの宝もの

何のために
やるのかを
見失うと
苦しくなる
ゆがむ

意外に力も
でるではないか
自分の
柵を
壊してみたら

櫂《かい》は決して
手離さず
諦めず
たとえ波間を
漕ぐにせよ

胸もとに
真実の鷹を放たれて
涙こぼれた
そうして
人生が始まった

遠慮しては
いけないこともある
それが少しわかったから
こころが外に
開かれてきた

めぐり来た
人生の今の季節を
真っ直ぐに
生きていくことは
たたかいだ

少しだけ
手助けしてる
だけだよと
ともだちがいう
きみはいう

人から声かけてもらうの
ただ、待っていたら
どうにもならないんだ
生き抜くって
そういうことだったんだ

壁にぶつかる
ことも増えてきて
でも付随し
今までにない
色彩も増えてきて

いろいろの
雨にも打たれ
生きてきたなら
心の空に
虹は　架《か》かるよ

ずっとずーっと
聞いていたいな
話していたいな
そうさ
生きている限り

あるいは
人の立場をあらわす
表札に
囚《とら》われすぎて
いるからさみしい

一日を　誰かと
うれしくたのしく
していくって
とんでもなく
深いことかもしれない

こう何かしら
生活の中から
浮かんでくる
よろこびに気がつくと
力が増している

自身が
問題そのものである
そんな谷底でこそ
歌え
人間のうた

揺れ動いても
けっこう
火を噴いても
けっこう
山を造っています

押し寄せる波を見抜け
この空《むな》しさは
おそれは
疑心は
生きた心を沈める怪物

生きているからこそ
この涙
このくやしさ怒り
この悩み
人間としての心も熱く

他人事ではない
だれにでも
起こり得るところの
病であり
ケガなのである

何だかいろいろ
少し疲れた
でも手応えあるよね
それは生きてる
五体の戦《そよ》ぎだ

持病への
理解を周囲に求めながら
その一方で
老いからは目をそらすのか
虫がいいことだ

雪……ふりしきる
真冬のなかでも
やはり歩いた
歩いて行った
子どもの頃を思い出す

くらやみの中であれ
目はつぶるな
はやまらず
待つ
少し周りも見えてくる

きょう春嵐《はるあらし》
たとえ辛くとも
輝きと
なる
一日がある

あったかいな
すてきだな
かわいらしいな
きれいだな
ほら、止めた心も動きだす

勇気をだして
外からの
風を迎え入れよう
それが
幸せを守ることなんだ

一瞬一瞬の
こころをはずませていこう
動いてやまないと
いうことで
きらめく命と思う

生き生きとして
希望する
それはすべてのことに
テコとして
はたらいていく

はじまりに
歳なんか関係ないよ
遅れたようで
遅れてなんかいないという
広がる心をもって

自分史の年表では
略されていて
記しきれない
その余白にも
嵐と　綱と温もりと

やけのやんぱちとは
異なる
賢明な覚悟というもので
しずかに
明日を迎えていこう

それは
しかたのない運命だから？
そんな見方で
すぐに
梱包したくはない

顔を上げて言った
ことばに
何の悔いることがあろう
心ひとつを
たずさえて行く

泣かなくてもいいんだよ
おじいちゃんが
静かに言ったのを覚えている
砦のように
揺らがぬ　男の慈顔《じがん》で

行き過ぎた配慮という
林にかこまれると
そのことで
さむざむと
淋しさを深める場合がある

それぞれに違う
思いやり
あたたかく
木洩《こも》れ日《び》のような影と光で
照らしあえるものだ

病気や障害のあることを
恥じないことと
健康を無上の宝として
貴ぶこととは
ぼくの中では矛盾しない

今を　晩年と
位置づけるのなら
それは
燃えさかる夕陽のような
思いをこめて

かつての歌が
報われていくような
夏空に
祝福されて
風に吹かれる

何度でも
何度、摘まれても
芽吹くいのちの
微笑みは
悲哀を後にし蝶として舞う

その全体を包めば
愛しく
その部分をみれば
苛《いら》つく
……平静になろう

今の自分から逃げずに
どうかこれからも
声高らかに
詠《うた》ってください
それがあなたの詩です

恥じることでは
ないのに
恥ずかしいのですがと
前置きした
そのことが卑屈である

発病を、知るまえの
二才のときに
潰れてもおかしくなかった命が
今を生きている
そのことを考えている

辛いときもある
おじぎ草なときもある
そんなときもある
でも
かならず、ひらく

汚《け》れ《が》がないとか
純真だとかいう人よ
ひとさまに
勝手に羽根を
つけないでくれ！

今日も　今日も
勇気を出して
たくましく生きているよ
そんな心が聞こえる
離れていても

希望することの力を
わたしは信じる
目には見えない
形でもない
幸せをひらく通行手形

あおぞらよぞら
どちらのそらも
昼夜《ちゅうや》つらぬく
無限のひろがり
あおぞらよぞら

悩み抜く葛藤
その土壇場のエネルギーは
かならず
地の底を蹴って
希望の大地にも立たせるだろう

大人として
現実に足をつけて
生きることは
抜け殻になることじゃないよ
幸せの始まりなのさ

日常の
小さな出来ごとの中に
おだやかな光が放たれている
身をかがめて
こころを向け、拾う

病と　病魔《びょうま》は
別ものである
病魔とは
断固として闘い
打ち克《か》ちたいと思うのです

厚い雲が出てるからダメ
快晴ではないからダメ
そんな判断は求めていない
ぼくはただ
今、流れゆく空を写したい

行きの
ざんざ降りが
帰りには
出会う
すてきな夕景

お店屋さんで
ジャムの瓶を落としたとき
壊れることの
悲しみを知った
四歳くらいだったか

空を　見上げる
兄弟のそばには
やさしいかなぶんが
いてくれました
忘れはしない

わが子でも
人前で貶《おとし》めるような
扱いを
してはダメだよ
親のわるふざけで

近しくて
まあ　時おり
静電気がバチッ！
と
起きるのさ

少しずつ
染み出るようにしか話せない
そのかけがえのない
滴《しずく》には
理由があるのです

人に
どう思われるか…
そんな臆病、乗り越えて
あふれるままを
書けばよい

おんなのまるみに
ふれてみたい
やわらかさに
ふれてみたい
やはり、男である

たまに
飾り気のない
あっけらかんに出合って
ふた葉は
のびのびとした

いつまでも
子どもあつかいされる
厭《いと》わしさ
やりきれなさと
かなしき怒りと

転んでしまうのではないかと
歩く自分を常に危ぶみ
転ばされるのではないかと
道行く人を常に恐れて
いつしか臆病になっていたのだ

いつだって、何が起こるか分からない
でもそれは
悪いことだけを意味していない
うれしいことにも会えるだろう
とかく小さく　決めつけないでおこう

病気を治していくこと
安心して病気になれること
セットで
考えていきたいね
毎日の暮らしのために

経管栄養や呼吸器を
使うのは
ひとつの喪失で
それ以上の生きる力を取り戻す
活《かっ》の手段なのだ

本音という名の
暴言があり
本音という名の
呻吟《しんぎん》があり
一瞬で見抜かれる

言葉は
狡《ずる》く用いると
すぐ
分かります
にじむのです

見ようとしないと見えない
忘れているのか
気がつかないのか
いじめは
臆病という名の病根である

こころは
どこまでも自由だからって
からだのことが
どうでもよくなる
わけではない

父から
もらった
手紙を読んで
すこし泣けたことを
隠している

父は「歩と金」
兄は「銀」
末っ子は「飛車」が
好きだという
男三人、性格のちがい

ぎし　ぎし　ぎし　ぎし
転びそうな雪道
力を込めて歩く
この足音は
だれにもかき消されない

カテーテルが
蛇のようにも思えたけれど
やっぱり彼女は
働きもので
人の命の守り神なんだ

スロープに
小さな花の
道を見た
台風一過の
秋空のもと

呼んでも
呼んでも
答えがないような
真夜中の
悲しみと、話す

旗幟《きし》とは
所属でも立場でもない
人間としての旗幟
ただ一本
ひるがえす旗のことである

詩群　二

大聖堂とは
だれかが建ててくれる
記念碑ではない
心に宿す
終わりなき歩みのことである

だが、建立すべき大聖堂を心に宿している人間は、
すでにして勝利者である。

サン＝テグジュペリ『戦う操縦士』

一人　一人が
どこを向いて
いるのかが
はっきりあらわに
なるときがある

白い旗でも
赤い旗でも
星条旗でも
日の丸でもないこの空に
豊旗雲《とよはたぐも》をなびかせて

賭けることと
人に逢うのは似ている
自分を信じ
相手を信じ
鏡の前に佇むことだ

兄さんは言った
衝突を
乗りこえて
行くのも
親孝行なんだよ

こう書いてあるから
こう言っているから
それだけでよいのか
自ら生きて
辿《たど》らなければならないのに

まさに決断の連続で
生きていることが
怖いような
震えるほどに
いのち燃えるような

徹して
生きていくのなら
最後には
本懐《ほんかい》になって
くるのではないか

そのような眼で見られて
辛かったのでは
なかったか
それなのに
同じ眼をして人を見ている

姑息《こそく》な距離感など
超えて
互いの傍らに
座らなくては
わからないんだよ

苛烈《かれつ》になるのは
君にまだ
熟さぬところが
あるからだ
後ろから言われる

勘違い
間違い場違い
見当違い
そんなことさえ
生きている

もどかしい
そんなときにこそ
はじまりの
ひそかな一歩が
動きはじめる

マリオとルイージ
けんいちとみのる
スーパーじゃなくて
ただの
ブラザーズがいい

おもしろい
そう思ったとき
活字が
向こうから
親しげに歩み寄ってきた

水場に
連れ出すことしか
できない
否《いな》、連れ出すことなら
できる

ただ見守ることは
こんなにも
勇気と愛情が
必要だったのだ
今、わが母を思う

ただただ
病の嵐が過ぎるのを
うずくまって
待っていたことも
闘いだった

乗り越えるというのは
完了ではない
一つの峠を歩き
また一つの峠を
歩き続けていくことだ

もっとも
恐れていることを
考えまい
考えまいとして
想いに想う

字義には
こだわらない
理屈は
いらない
あなたにふれる

今、どこにいるの
どうか信号を送って
見失わないよう
微《かす》かでも
どうか送ってほしい

肩代わりはできない
これはどこまでも
どう生きるかの
瀬戸際
自分との闘いなのだ

決意の言葉は
勇ましくはなかった
一筋の
涙こぼして
静かに生まれた言葉こそ

生まれてより
絶えることなき
航海を経て
今を生きてる
Happy Birthday

鰯の群《むれ》を眺めていると
どこまでも
一匹一匹の泳ぎが
うねりとなって
光っているのが分かる

深夜一時まで
詩を書いていた
ぼくの
行き先はあなた
夜間飛行

落ち込んだ時に
ふわり
ありふれた日々のなかで
生活の光に
救われることがある

互いの中に生きる
幼子《おさなご》を
慈しめばよい
子のないぼくらの
人生の味わいかた

暮らしの中の
ささやかな希望が
大切な
彩りとなる
生きているからだ

波に洗われてきた
石ころの
丸みといびつさが
心のようだ
夜明けの標《しる》しがある

絶えるときまで
息することも
脈うつことも
あなたのために
じぶんのために

つるし飾りに
流し雛
毎日毎日
息災を
祈られている

母の祈りを聴いた
あなたの
大丈夫だと言った
心に
わたしは賭けます

みのるさん
めげないでくださいね
わたしたちも
がんばりますから
目を拭いてもらう

しっくりと
手に馴染む
器になるための
火なのだ
ゆらめきよ

大丈夫ですよ
これからは
心配するのではなくて
見守るだけで
よいのですよ

あなたは
誰にも妨げられない
必ずや
蔓《つる》は自在に伸びゆく
朝顔の花

どうしようも
なくなった時
勇気は
やむにやまれぬ処《ところ》から
自発するのだ

人に聞かれない自由
人に見られない自由
私の空間を求める自由
私の時間を過ごす自由
ありふれるだけに大切な

腹に据えかねても
屈辱を感じても
動けない僕は自分から
この場を
立ち去ることはできないんだよ

言わないから
必要ないのではないよ
必要があるけれど
言えないんだよ
追いつめられているんだよ

自分の命綱を賭け
声を上げる
あなたには
届いたのかもしれない
私は　見ています

「辛かったら
いつでも呼ぶんだよ」
薬みたいな
言葉
いや、薬だね

自分のことは
自分が
最善の判断ができる
それは
悲しい迷信だった

一本の道しか
見えないから
一本の道になる
他の道を
探さなくなる

受け入れるのが
デフォルトで
それが
唯一の処世術と
なっていた頃

「これくらい言ってもいいんだ」
いくつかの
線をまたいで
それがある
行き着く先の恐ろしさ

絶大な
勇気を振るわなくても
誰もが
穏やかに
生きられるように

届かない言葉に
なっている
分からない言葉に
なっている
更新しなくてはならない

それは命のこと
人生のこと
大事なこと
「性」は
本来、心が生きると書く

なんでこんなに
切ないのか
亡くなった男の
まなざしで
歌を聴いてしまう

くりかえし聴いていたら
涙がこぼれた
なんでだろう
こんな素敵な
ラブソングだというのに

歌うことは
よびかけること
もとめること
うけとめること
愛すること

「いい人」という
鉤括弧《かぎかっこ》からの
ぼくの脱走
それは解放で
なければならない

何もできないのが
さびしいと
言った気持ちが
時間差で
ぼくにも訪れた

眠れない
夜に
言葉が宿っていく
私にも
知られずに

気にしつつも
平気なのがいい
寝起きの髪の
ほつれから
日常を分かち合う

かっこわるい
戸惑いも
そのまま
見てくれたらいい
隠さないから

生まれて一度も
酔ったことがないんだ
あなたと呑んで
酔ってみたい
わたしの小さな願いです

がらっぱちで
いいじゃないか
お酒呑みだって
かまわない
あなたのままで

きみの健やかな
がらっぱちが
うつる
やまいだれの僕を
ゆるめていく

鼻マスク
しているときの方が
自分の顔らしく
見えてくる
おもしろいと思う

ゾウのお鼻の
呼吸器つけた
この身で生きる
パオンと鳴いて
元気を出そう

なにもかも
一人で引き受けなくても
よかったのだ
ゆだねてゆだねずの
新たな　道

病人であるのは
後ろ向きに思っていたが
違った
生きるためにこそ
病人であれ

障害を
カルマのせいだと
説く君の
顔を見ている
目を見ている

軛《くびき》など
実は一瞬で外せる
目が覚めた
あとの
景色の自由さに

同じだよ
病のある私では
ふさわしくないと
言ったら
すごく嫌だろ

稔《みのる》さんであり
航《わたる》さんでもある
一人なのに
二人じゃないのに
ね

今度
お腹に刺さってる
PEG《ペグ》ピアスに
触れてみて！
だいじょうぶだよ

ぼくのこの髭
あなたに見せたくて
生やした
伸びてくると
愉快に踊りだすのだよ

近しくなって
気づいたら
ぼくも馴染んでる
きみの口癖
「まあいいや」

自由な心で感じ
受けとると
面白みが増すね
楽しく生きる
コツかもしれない

三色すみれ

さみしさは
風に吹かれて
愛しさは
消えることなく
やさしくて

ああ
今、こころ震える
想うこと
霧に立つこと
生きること

かざらない
折りたたまない
春の花
わたしとあなた
三色すみれ

雨上がりの光

見つめあっても
黙りこんでも
不安に
ならなかった
はじめてのこと

鎧は
すぐに外れないと
思ってたのに
君の前するすると
衣になって

心配。
心配。
心配。
雨の雫《しずく》のように
想われている

恐れることの
質が
その時に変わった
あなたを
愛している

あなたのために
生きる力を
われに与えよ
雨上がりの
光りを見つめる

本当の思いを
折りたたむのを
やめたとき
変わらずして変わる
世界を知るだろう

すべてが
今へと繋がる言葉だった
先のことなど
微塵も知らずに
生きたというのに

先に何が起こるか
誰にも分からない
魔法はない
あるのは
二人の祈りだけだ

たがいちがいに
一人の中に
健やかなところ
病んでいるところ
きみと僕の光だ

生きていることの
最もの表れ
あたたかい
どうして
求めずにいられよう

あなたには
雨粒を数えている
少女が
棲《す》んでいる
訪ねていくよ

この
骨と皮ばかりの
熱い右腕よ
力の限り
働いてくれよ

天井と窓辺を
見ているばかり
できないだらけの毎日に
この指先から
風光るのが見えた

そうだね
あなたが
花なんだから
くよくよ
いらないね

重病を持ったからって
修行者になる必要
さらさらない
あたりまえのように
僕は君と酒のみたいな

笑っている顔を
見ていたとき
泣いている顔を
見ていたとき
君に差し出す花がある

一人立つとき

病が病で
ありながら
惑《まど》いが惑いで
ありながら
生きるということ

今日、ぼくは
六十まで生きると
決めた
たとえば
神に逆らおうとも

ただ
生まれてきただけで
憎まれるという
悲痛を
見つめている

そう思うしか
なかったことを
責めないで
いい
やみのひかりとなる

言葉に
揺るがされたら
言葉に
拠《よ》って
身を支える

一括《ひとくく》りにできない
「私」と
「あなた」で
それぞれが
一隻の船なのです

弱ったときは
弱っていても
いいんだ
強がる弱さを
そっと手放す

心と体の苦しみに
生活が
呑み込まれず
きみと、ぼくに
安らぎがあること

旗は
強い風が吹きつける時
音を発します
力強くはためきます
今がその時

こういう時は
あなた
怒らなきゃいけないよ
ゴングを鳴らし
切り返すのよ、と

「志があるなら
負けはない」
あなたから
僕にも交わされた
勇気の盃《さかずき》

命綱を握るのは
どこまでも自分である
無力を転じる
生き抜く力
明け渡さない

どうせまた
何も変えられないと
恐れていること
宿命が
人を不幸にするのではない

たとえ何ものも
自らを
生きることの
芯までを
焼き尽くすことはできない

思いを貫こう
人と自分に
気兼ねしているうち
一生が
終わってしまう

誰でもそうなんだ
世界に対して一人立つとき
火がもえる
生きているんだ
そこから見えるあなたの灯火《ともしび》

あとがき

二〇二〇年から続いている新型コロナウイルスの世界的流行は、人の生き方に大きな変容をもたらしました。

私は難病の筋ジストロフィーにより常に呼吸器をつけ生活のすべてに介助が必要な身です。その介助を得ながら生きる暮らしが自分と他者のリスクとなってしまう状況に不安を感じない日はありません。以前のような生活を取り戻せることを願いながら、この厳しい状況が何年も続くかも知れないという恐れも心の片隅においています。

そのような渦中に、ナナロク社から第二詩集『震えたのは』を送り出すことができました。出版準備を始めてから二年を要しました。その間、生活の基盤である介助の体制が安定せず憔悴して本作りに向かう気力を奪われていたこともありました。そんな時も、忍耐強く執筆を待ち続けてくれた編集者の村井光男さんに感謝しています。詩について話していると打ち合わせの時間もあっという間です。仕事で情熱を共有できる人がいるのは幸せなことです。

生き抜くという旗を掲げると宣言した第一詩集『点滴ポール　生き抜くという旗印』を経て、今回の第二詩集では、その旗を揚げ、社会の只中で生きる思いを込めました。

本書は第一詩集未収録の詩で二〇〇六年から二〇二〇年の間に詠んだ詩の中から選んでいます。

生きるということ、そのなかで「生活」のあたり前を慈しみ、手放さないこと。東日本大震災の翌年に書いた十二行の詩をプロローグとしたのは、どのような災禍が起こり、障害に見舞われたとしても変わることのない思いを表しました。巻頭に置いた十篇の「震えたのは」の詩は、ヘルパーさんの介助で外出して街の空気感を知ったとき、新たな病が見つかって命が脅かされたとき、第一詩集への大きな反響に戸惑いながら社会に打ち出ていったとき、その時々の心の震えを表しました。この詩は二〇一四年夏、文芸誌『三田文學』に掲載したもので、当時、編集長をされていた批評家で詩人の若松英輔さんにご依頼をいただきました。複数の五行詩を連ねてひとまとまりの詩編とする詩表現です。「三色すみれ」、「雨上がりの光」と「一人立つとき」も同様に複数の五行詩で一つの詩編としています。全体の詩の配列は詩を書いた時期の順にほぼ沿っています。その詩の合間にはブックデザイナー鈴木千佳子さんの提案で、兄で画家の岩崎健一の花の絵を水色の彩色で配しています。私たちの共著となる画詩集『いのちの花、希望のうた』とはまた違った形で、兄弟の詩と絵の協働になりました。

詩作をするようになって二十年になります。第一詩集の刊行後、仕事でも私生活でも少しずつ新たな経験を重ねて人生の密度を増していく中、自分の意志で暮らしを作っていきたいと思うようになりました。生きるために必要な二十四時間の重度訪問介護の支給決定を行政に求めて一度は拒まれながらも、交渉の末に理解を得られて認定を勝ち取ったこと、相模原市の障害者支援施設で起こった障害者と施設職員が殺傷された事件に発言をしたことは、私に声を上げ続ける勇気を持たせてくれました。読売新聞の医療情報サイト「ヨミドクター」で自身の自立生活実現への挑戦を綴った連載「岩崎航の航海日誌」を担当してくれた岩永直子さんは、私が怯んだり諦めそうになったりするたび力づけてくれました。伴走に感謝しています。詩人の岩崎航としての軸と、一人の障害者として社会に発言する軸と、両軸でものを書くようになっていった変化が詩にも映し出されていると思います。

人と出会い、思いを感じることで生まれる化学反応は、せまかった自分の世界を広げてくれました。今まで自分で何とも思わずに受け入れていたこと、嫌なものは嫌だと言えること、自分で考えること、助けを求めること、大事の時に本心を折りたたまない大切さに、気づかせてくれました。

今、コロナ禍を生きるなかでこれまで拠って立っていた根底が揺るがされ「いったい自分はこの先どう生きていったらよいのだろう」と心震える思いでいる人は多いと思います。誰にも経験のないことで、日々の生活に未知の世界が広がっています。自分で考えて地図を作っていかなければなりません。不安や恐さもありますが、震えるのは、懸命に生きようとしているからです。私にも、あなたにも震える瞬間があり、新たに心動くことは生きる手応えになって活力を生み出していくと思います。その光源から、明日を切り拓きたい。

最後に、私の生活をともにする訪問介護と医療の支援者、家族や親しい人、友人たち、仕事で繋がる皆さんからの支えに感謝を、本書の刊行にお力をくださった皆さんに感謝を申し上げます。ありがとうございます。

岩崎 航

岩崎 航

いわさき わたる

詩人。一九七六年一月、宮城県仙台市に生まれる。本名は岩崎稔《みのる》。三歳で筋ジストロフィーを発症する。一七歳の時、将来に絶望し死を考えたが、病をふくめてのありのままの姿で自分の人生を生きようと思いを定める。現在は胃瘻《いろう》からの経管栄養と人工呼吸器を使い在宅医療や介護のサポートを得て自宅で暮らす。二五歳から詩作。二〇〇四年から五行詩を書く。〇六年に『五行歌集 青の航』を自費出版する。一三年七月に第一詩集『点滴ポール 生き抜くという旗印』(ナナロク社)を刊行。一四年六月に兄で画家の岩崎健一と絵と詩の共同作品展「生命《いのち》の花 希望の詩《うた》 負けじ魂で歩む兄弟展」

を開催（於 宮城県石巻市）。同年七月『三田文學』に巻頭詩を掲載。同年九月に谷川俊太郎と朗読会を仙台で開催。一五年十一月にエッセイ集『日付の大きいカレンダー』（ナナロク社）を刊行。同年九月ＮＨＫ「ハートネットＴＶ」に、一六年四月ＮＨＫ「ＥＴＶ特集」に創作の日々がドキュメンタリー番組「生き抜くという旗印　詩人・岩崎航の日々」として全国放送される。同年七月から読売新聞の医療情報サイト「ヨミドクター」に自身の自立生活実現への挑戦をエッセイ「岩崎航の航海日誌」（全十回）として連載。以降、病と生きる障害当事者として社会への発信を続けている。一七年二月、仙台市から二四時間の重度訪問介護支給を獲得する。一八年六月に岩崎健一と共著の画詩集『いのちの花、希望のうた』（ナナロク社）を刊行。二〇二〇年九月、山形ビエンナーレ２０２０に動画作品「漆黒とは、光を映す色　詩人・岩崎航が、生きることと芸術を語る」を出展。同年十月『病と障害と、傍らにあった本。』（里山社）に、同年十一月『「死にたい」「消えたい」と思ったことがあるあなたへ』（河出書房新社）にエッセイを寄稿。現在も雑誌や、ウェブメディアへの寄稿、対談、講演、朗読会などを行う。

震えたのは／著者　岩崎航／二〇二一年六月十五日初版第一刷発行／花の絵　岩崎健一／装丁　鈴木千佳子／組版　小林正人（OICHOC）／発行人　村井光男／発行所　株式会社ナナロク社　〒一四二－〇〇六四東京都品川区旗の台四－六－二七　電話〇三－五七四九－四九七六　FAX　〇三－五七四九－四九七七／印刷所　中央精版印刷株式会社／ISBN 978-4-86732-004-4 C0092

人間がつくった新型コロナウイルスには
独特な意識ができてしまいました――

自然にあるものは
バランスを保つために宇宙がつくり出したもの
人工的につくられたウイルスは
人間がもっと支配をかけていこうと思ってつくったもの

このウイルスには人間の一部の意識と
ウイルス本来の意識が組み合わさって入っています
だから逃げ道を探して
自分がつくられた場所から逃げ出したのです

このウイルスは非常に頭がいい
それは宇宙のスピリットがサポートしながら
活用しているからです
このウイルスには目的があります

過去これまでずっと奴隷だった私たち
これからも支配・偏見・差別・階級・闇エネルギーの中で
生き続けるつもりなのか？

宇宙は、いっこうに目覚めない私たちに
困難に直面させることで
強制的に気づかせようと決めたのです

そこには「宇宙の計画」のもと、
人類が一刻も早く霊性進化へと向かうために
宇宙と銀河の至高のリーダーが
深く関わり動いています

リスペクトのエネルギーが広がれば広がるほど
抗体のエネルギーが広がり、
ウイルスは仕事を終えます

過去世《かこぜ》、この人生を含めた過去のエネルギーを
祝福して手放し、浄化をしていくことです

人生は、あなたの魂とハイアーセルフが創造したのです
その目的は、五感、フィーリング、サイコメトリで
クリアになります

脳・思考に依存せず、
五感をベースにフィーリングを使えば
聴覚で見える、味覚で聞こえるようになる

サイコメトリをすれば
もののエネルギーを感じ取れるようになる
魂の意図・目的に沿ったバランスを
実現していくことになります

過去に、アトランティス、ムー、レムリアで
人類は滅びました
今はそれ以上の危機に直面しています

アフターコロナをクリアできなければ
ある国同士がぶつかって、
そこから戦争に発展していく
第三次世界大戦が起こる可能性も高まります
そうなれば、地球は破滅です

でも、地球には
もともと浄化の機能が備わっている
水、風、地震、火の浄化もあります
宇宙時間で見ると、もうあまり時間は残っていません

霊的な目覚めこそが
地球とあなたとこれからの子どもたちを
救うことになるのです

目次

人に上も下もありません
それぞれの自由をリスペクトすることです

人間がつくった宗教は人をサポートしない
平等を称えた宇宙の高レベルの意識をもっと地球に降ろすのです

生活の中で、全ての生命を
リスペクトする意識と行動を取り込んでいくこと

もう地球上に１００％ピュアな人種はいない
凝り固まった意識を壊して新しい水瓶座の本格サイクルへ

サイキック・ヒーラー角田みゆきさんの
「脳・思考とフィーリングの違いを体感するワーク」

ハート、五感を使うことでコミュニケーションが
どんどんクリアになっていく

過去のあり方を生きる政治家・リーダーを
もう選択しないで手放していきましょう

ウイルスを怖がるのは、
霊的に何の論理的意味も成しません

サイコメトリを使えば、人生をクリアに
コミュニケーションあふれたものに変えられる

人に言われたことに反応しない
本当の自分を理解して生きていくことの大切さ

今、生きている現実がイヤなら
自分自身を変える、自分の現実を創ること

Part 4

宇宙の意図を訊く——現状と近未来への質疑応答

世界家族を創造するのが宇宙の意図
ウイルスは人類の目覚ましに活用されている

全ての人は魂に導かれている
思考でどう思っていようが、魂は全然気にしていない

宇宙次元からの愛と警鐘——深奥核心の直語り

人間が創った新型コロナの独特な特性とは?
人の意識とウイルス本来の意識が組み合わさっている

ネガティブなウイルスであっても
存在する権利を愛してあげれば人を殺さない

恐怖による支配から目覚めていないことが
集合意識に悪い影響を与えている

アトランティス、ムー、レムリア以上の危機
目覚めるための手始めが新型コロナです

地底人や宇宙人の助けも
意図的に遮断してきた地球の支配者たち

12サイクル最後の水瓶座の時代、
ここで一挙にバランスを実現していくことになる

魂が求めている経験をしない人が増えるほど
地球のバランスはおかしくなる

地球で生きている全ての生命には
バランスのための目的がある

痛みは時に必要な経験になる
人間の意志や医療はパーフェクトではない

人間の脳がカルマのバランスを邪魔する
AIが進化しても宇宙の意志には勝てない

五感を使っていると、
自然と第六感、第七感が出てくるのです

プラスとマイナスの真ん中を見つけながら
両面のエネルギーを使いこなす時代

不倫など過去の価値基準だけで人を裁くのは
魂が必要な経験を邪魔することになる

宇宙人からの叡智を潰す勢力がいる
この状況が続けば、第2、第3のコロナを招く

スピリチュアリティは平等で
全ては同じ価置がある

集合意識のバランスがとれてくると
霊的レベルの高い人が転生してきて地球破滅はなくなる

時間の概念を捨てることで
人間の能力は進化してテレポーテーションも可能に

コロナにはいろいろなものを変えていく
ポジティブな側面もたくさんある

オリンピックは
これまでのおカネを意図したような大会にはならない

第三次世界大戦が起こる危険性……
地球は、水や火の機能を使い大浄化を起こすことになる

霊性能力を飛躍させ進化する
——未来創造の普遍語録

過去のエネルギーのままでは
もっと強くなってウイルスは帰ってきます

リスペクトのエネルギーが広がるほど
抗体が広がり、コロナは仕事を終えるのです

詳細な計画はしないこと
自分を尊び愛せば、未来は自動的に開いていく

思考のコントロールから外れて即興に生きると
さまざまな次元とつながります

過去のエネルギーを一掃すれば
新しいやり方にもオープンになるのです

未来創造に影響するエネルギーの仕組み
常に冒険的に生きていくというあり方がいかに大事か

奴隷からの真の解放のために
一人ひとりがそれぞれの場所で立ち上がるのです

相手も自分もゆるすと
同じことが起きにくくなります

五感を使えば使うほど第六感に
さらにその先の意識感覚へと広がっていく

すべての霊的能力の進化とは
五感をベースにフィーリングを使うこと

サイコメトリをすればするほど
本当の自分自身を感じ始めるのです

バランスの実現のために
今、サイコメトリ能力を進化させることが重要

交流を怖がり避けていると
「エネルギーを受け取る／与える」を生きられない

秘密、隠し事がある……
自ら邪悪なスピリットを招くことになります

後悔する生き方をして亡くなれば
スピリット世界の低次元に行くか、地球に自縛して幽霊に

ダークスピリット、幽霊、
幽霊の記憶の浄化が、今、非常に重要なのです

殺すこと、虫、魚であれ感謝しないのは
地球の生命への虐待になり、地縛を生みます

お金と支配を手放そうとしない支配者を
存続させているのは皆さんです

神とは？　宇宙意識とは？
集合体のフォースが、人間に求めているもの

今、あなたはどう感じるか？　で選択する
必要な経験のために冒険に目覚めていくのです

これから自分自身で仕事を始めていく人たち
霊的成長を実現していきます

水瓶座の時代に生まれる子どもたち
多くの親よりも意識が進化しているのです

本当の自分を生きる、魂の目的を生きる
言葉ではわかっているでしょうが……

あなたを知り、あなたを集合意識のために使う
これが、宇宙の計画に従う生き方です

宇宙意識に使われる人たちは
魔法の杖、魔法の石に発見されるのです
地球絶滅でも転生できるように
宇宙は、次の場所を準備し始めています

訳者あとがき

カバーデザイン　重原隆
カバー絵画＆本文絵画　ダニエル・マクドナルド
本文デザイン　浅田恵理子
編集協力　宮田速記／ＩＢＯＫ
校正　麦秋アートセンター

Part 1

霊性意識に目覚める

―― 最初のガイダンス

『日本と世界からオンラインで参加できるウィリアム・レーネンの2時間ライブ前半』より

（2020年4月18日開催）

新型コロナウイルスを取り巻く事態はまだ始まりに過ぎません

皆さん、お越しいただだいてありがとうございます。ネットのモニター画面を観ていただいている皆さんもありがとうございます。会場にも数名いらっしゃるのですが、自宅で観られている方がたくさんいらっしゃいます。同時に今日は、アメリカでも観ている方がいます。

今、世界家族の時代です。

そして今やることとは、実際にこの会場に来られない人たちにも、リーチするということです。アメリカの人たちもこの話をするでしょう。そうすることによって扉をどんどん開けていきます。皆さんが思っている以上に、いろいろな人たちにリーチして、扉を開いていくことは、価値のあることだと思います――。

今、私たちが知っていた世界は変わっていきます。もうすでに世界は変わったと思う方、これはまだ始まりにすぎません。多くの人は、一つの真実を見つけたと思うかもしれませんが、一つの真実なんかそもそもないのです。

このウイルスがどう始まったのか、多くの意見があります。

多くの人がなぜ、世界中に広がっているのだろうと感じていると思います。答えを発見するためには、皆さん自身が、自分を深く見つめてください。

私の答えがどうかなんて、どうでもいいのです。私の答えは私のものです。そして、スピリットワールドにいる、いろいろなスピリットに尋ねても、あくまでもスピリットたちのそれぞれの意見しか返ってきません。

だから皆さんそれぞれが、自分の真実を、ただ思考だけにとどめ置くのは、もう止《や》めてください。人の意見を変えようとする必要もありません。

もし、皆さんの真実を生きる、それがほかの人にとっても心地よいものなら、人はそれを吸収していきます。

多くの方々は、私が過去に言っているのを聞いたことがあると思いますが、私が言うことは、皆さんが本当の自分を知り、そして皆さんにとっての真実は何かを知るための刺激でしかないのです。

今、直面している危機は、宇宙と銀河の至高のリーダーがいろんなものに直面させようと決めたもの

私が個人的に信じているのは、このウイルスには目的があるということです。このウイルスはすでに意識を持っているのです。それがどう始まったか、誰がつくったか、いろいろな意見があると思います。

でも今、直面している危機は、宇宙と銀河の至高のリーダーがいろんなものに直面させようと決めたものです。

何千年もの間に、私たち人間は、霊的に進化しただけではなくて、ロボットにもなって

しまったのです。皆さんは、自分のために働いているわけではありません。皆さんは大企業、それからお金持ち、皆さんを知らないし知ろうともしない人たちのために、一生懸命働いているのです。

だから今、大切なことは、人生で何が欲しいのかを、皆さんそれぞれが知っていくことなのです。

あなたの収入は、家賃、食費、保険、教育に使われ、ほとんど残らないのです。皆さんは奴隷なんです。お金持ち、大企業のために働いていて、皆さんが得るお金は、皆さんが働く以上にはもらってないのです。

だから今、これまで刷り込まれてきた自分ではなくて、本当の自分を知っていくときです。多くの人間は、一生懸命に社会の期待を生きようとしている、それから宗教的な期待を生きようとしている……本来の人間ではなくなっているのです。

皆さんを悪いと言っているわけではありません。非難はしていますが、それを良い悪いとは、私は言っていません。それは、皆さんの選択です。

宇宙は、階級・奴隷社会を壊すツールとしてこのウイルスを利用している

今、水瓶座の時代になって、皆さんが立ち上がるときです。親とか皆さんの家系の家族のために立ち上がるのではなくて、皆さんの取り組みによって、いろいろな階級社会を壊していくために、立ち上がっていくときなのです。

貧乏に生まれて、一生懸命働いても貧困が克服できないという状況だと思います。そして本当の自分になることを諦め、ただ仕事だけのために生きる。一生懸命仕事のためだけに時間を使ったとしても、それでも5つある富のレベルの下にしか行けない……。

もし一生懸命働き、本当の自分を捨てれば、お金持ちになることは実現できるかもしれません。でも、お金持ちは皆さんがそうなることを望んでいないし、「一緒に御飯を食べに行こうよ」などと誘ってもくれません。家賃やローンを支払えなかったとしても、お金持ちは皆さんを助けてくれません。彼らにとって大事なのは、一般社会で働く人たちを支

配して、キープしていくことなのです。

宇宙は、誰も皆さんを所有してはいないということをわからせるためのツールとして、このウイルスを使うことを決めたと言っています。

皆さんは、本当の自分のために立ち上がるだけでなくて、自分の魂のためにも立ち上がっていかなければならないときなのです。

つまり、地球のいろいろな歪《ゆが》みにバランスをもたらすためには、お金持ちもお金がない人たちも巻き込んで、いろいろな偏見というものを克服していかなければいけないのです。

ここにいる方たちも、ネットのモニターで今観ている方たちも、自分を尊ぶということを望んでいません。パターンを壊そうとしないで、ずっと同じことをしています。

フランスのあるグループは、すばらしいことをしています。外に出るなとか、人前に行くなとか、フランス政府は言っていますが、多くの人がカードにリボンをつけて、そして車のドアにポスターを張って、フランスの町や市で立ち上がっている。私は私の車の中にいます。もう変化のとき、成長のとき、そして私はもう奴隷にはならないということを認める。そういうことをしているフランスのグループの人たちもいます。

私たちは何世紀もずっと奴隷だったのです。でも今、それを壊すときです。皆さんはいろいろなレベルで、ウイルスを経験しているのです。このウイルスはそれに皆さんを直面させ、変わっていかなきゃいけないいんだと、強制して気づかせているのです。

諦める必要はない。家を捨てる必要もないし、自分の意見を捨てる必要もありません。皆それぞれに、いろいろな意見があっていいんだということを認めていくときなのです。

多くの方が、私が同意しないことをいろいろ意見として持っています。でも、人がどんな意見を持とうと私には関係ありません。苦しみたいなら、皆さんの苦しむ権利をリスペクトしますが、私の周りで苦しまないでほしいと、私は思うのです。

自分の才能を発見せず、魂の意図・目的を生きなければ、状況は今以上に悪くなっていく

皆さん、選択するときです。でも、皆さんが学校などで刷り込まれたことに基づく選択

をするときではない。皆さんが社会、文化に刷り込まれたことをベースに選択するときではない。そんなものは終わったのです。

皆さんの才能がどんなものであれ、皆さん全員に才能があります。自分の才能は何か、自分自身で発見しなきゃいけません。みゆきさん（会場に来ているサイキックヒーラー角田《つのだ》みゆきさん）も私も、「あなたはこういう才能があるよ」「あなたはこうしなさい」なんて言いません。自分で試す、そして探求する、そして発見しなさいと私たちは言うだけです。

皆さんは親から「一つの仕事を続けていきなさい」とか「お金になる仕事をしなさい」とか、刷り込まれています。でも忘れないでください。多くのお金を稼いでも、政府に行くだけです。大きな企業に行くだけです。

いい服を着ているからといって、人よりも優れているとか、上だということではありません。高いデパートで買い物をしているから、ほかの人とか近隣の人よりも上だということでもありません。裸で歩きたいと思うなら、そうしたらどうでしょう。逮捕されたら、「あなたが怖がってやらないことを、私はやっているの」と言ってあげたらどうでしょうか。

お金を稼ぐことと魂の目的は関係ありません。

皆さん、**お金を稼いでもいいのですが、シェアしてください。家族だけにフォーカスせずに、あらゆる人とシェアすればいいのです。**心地よい家があってもいいです。でも、大豪邸なんかもう要らない時代です。大きな家を持つとか、高い服を着るとか、そういうことで、自分は人よりも上なんだということを示す時代はもう終わったのです。

このウイルスは一時的に休眠します。そして皆さんは、またもとのあり方、生き方に戻っていく。そこで、**もし私たちが本当の自分を生きることに責任を持たず、魂の意図を生きることを拒否するならば、宇宙はまた、このウイルスを活性化させます。そして、今以上に非常に悪い状況になります。**

ウイルスは闇であり、闇を生きている人に入りますが、ここにいる人でさえ、すでにコロナウイルスに遭ったと思います。コロナウイルスは皆さんの中に入ったと思いますが、皆さんを殺しませんでしたね。

ここにいる人たちには、目的があるから免疫をつくったのです。この世界を癒《い》やすという目的がある。未来の世代が生き残っていくためにも、この会場にいる人たちには免疫ができたと思います。

世界中が記録破りの異常気象に見舞われる 変化のためのチャンスを無視すれば

気をつけてないと、未来の世代は地球に存在しなくなります。

これから洪水があると思います。2020年の後半から、世界中が記録破りの異常な嵐に見舞われていきます。だから今、子どもがいる方は、子どもたちの希望のために、自分自身を正直に見つめてください。

皆さんの生き方によって、平和と調和を持つ地球を創造する。それをやっていこうとしないで、子どもを次々に産んだとしても、その子どもたちはただ死ぬだけです。そういう未来を皆さんは創造するだけになっていきます。

火山も爆発します。皆さんが、ここが火山だと思っているところが爆発するのではありません。火山があるとわからなかったところが爆発したりします。

だから皆さんが、皆さんの家族を生き続かせていきたいのであれば、成長することです。そして、これまでのパターンのように奴隷として生きるのをやめる。企業とかのためではなくて、自分の本当の魂のために生きてください。

皆さんは、黒人だけが奴隷だったと思うかもしれませんが、ローマ人は自分たちと同じ部族、仲間も奴隷にしていたのです。だから宇宙は、何世紀も私たちに病気というものを与えてテストしてきました。

別に皆さんを罰するためではありません。変化のためのチャンスを与えてきたのです。でも人間は、それをずっと無視してきました。

皆さんにはいろいろな才能があります。でも実際は、皆さんは上の人たちを食べさせるために働いています。皆さんが自分の才能を使っていけば、お金持ちだけを食べさせる、サポートするというシステムを壊していけるのです。仕事をするときに自分の才能をシェアするということです。そして所有されない生き方をしていってください。

4000年前もエンターティナーはいましたが、その人たちを観るために、お金を使う必要はなかった。今のエンターティナーたちも、劇場でやるとかではなくて、例えば道端でやるとか、そういうふうにエンターティナーたちが変わっていけば、誰のマネジメントも受けずにお金を直接受け取れるのです。

皆さんが、生きているかどうか知ろうともしないようなお金持ちをサポートするようなシステムを止めていくのです。例えばエンターティナーたちも、事務所が全部仕切ってやるのではなくて、自分たちはこういう形でやるんだとか、外でやってお金を受け取るとかする。そういう姿を見ると、いろいろな人たちが刺激を受けて、自分も上に搾取されるのをやめていきます。

みんな支配されています。例えば、たくさんお金を支払って豪華クルーズの旅に行く。でも、いろいろな島や大陸に住んでいる人たちとは交流しない。ただ船に乗って旅をする。そんなことを人間はしてきました。旅をする方法はたくさんあります。別に豪華客船に乗

宇宙は、何世紀も私たちに
病気というものを与えてテストしてきました
皆さんを罰するためではありません
変化のためのチャンスを与えてきたのです
でも、人間は、それをずっと無視してきました

らなければ旅ができないわけではありません。

とても成功したアメリカの女性の友人は、世界中を旅しています。彼女はいろいろな港に行って、「誰か料理する人を探していない?」と言って、お金をできるだけ使わずに(料理を提供しながら)旅をしています。いろいろな波止場から船に乗って旅をして、旅先で自分の持っているお金を現地の人たちとシェアする。

彼女は旅を通して、人はただ姿形が違う、肌の色が違うだけだということを発見しました。今、そういうバリアを壊していくときです。彼女はそうやっていろいろな場所に行き、いろいろな人たちと交流することによって、バリアを壊している。きょうこの会場にいる方たちもそうしていると思いますが、皆さん、ぜひそうやって、いろいろな文化に触れることによって、文化の間のバリアも壊していってください。

人に上も下もありません
それぞれの自由をリスペクトすることです

私は今、イメージが視《み》えたのですが、高齢のご夫婦がこのモニター画面で私たちを観ていますね。このご主人と奥さんは、いろいろな人たちに触れていると思います。そして、新しい心地よい世界を構築していく人たちの一部だと思います。

私は5月生まれなので買い物が好きですが、もし買い物が好きなら、洋服をデパートで売るのではなくて、人が要《い》らない洋服を集める。そして交換する。あるいは安く売ってもいい。そうするとあなたのお金になると思います。稼ぐお金のほとんどを、皆さんを所有する人たちに与えるということをしなくて済むと思うのです。

私が言っていることは、この会場にいる、ある方にはとてもイヤですね。とても心地悪く感じていますね。私に同意する必要はないのです。私は私の意見を言っているだけであって、別に皆さんがイヤなことを言っているなと思っても、私は構いません。なぜならば、皆さんは私の洋服を買ってくれるわけではないし、買い物にも行ってくれません。私の洋服の着方を皆さんにどう思われようと、私はどうでもいいんです。だから皆さん、それぞれの自由をリスペクトしてください。このグループはほかのグループよりいいとか、私はほかの人より上だとか、そういうものを変えていかない限り、本当の自由を一人ひとりが手中にすることはできません。

人間がつくった宗教は人をサポートしない
平等を称えた宇宙の高レベルの意識をもっと地球に降ろすのです

皆さんがどんな宗教であれ、仏教であれ、クリスチャンであれ、イスラム教であれ、こういう宗教は人間がつくったものです。

今、皆さんのスピリチュアリティを生きるときです。そして、宇宙の高いレベルの意識を、この地球にもっと降ろしていくのです。

そして、人間がつくった宗教のヒエラルキーをサポートしないことです。神社やお寺でお金を出しても、皆さんや皆さんの子どもたちを虐待するためのお金になるだけです。彼らが自分たちのあり方をずっと続けていくための、言いわけをしていくためのお金にしかなりません。教会、お寺、神社は、それは神のためだと言っていますが、スピリットワールド（宇宙）には、銀行口座なんかありません。スーパーマーケットもないです。

数世代にわたって、世界の先住民たちは、スーパーマーケットなんてなくても非常にうまく生き残ってきました。

宗教は、この人たちは粗野だから、原始的だから、殺してしまえとやってきた。アイヌへの日本の対処の仕方もひどかったと思います。アメリカでは、先住民を何千人、何万人と殺してきました。宗教の神の名において、そういうことが行われてきたのです。

だから皆さん、平等さというものを称えてください。

そして自分の才能、能力を発見し、自分で自分の仕事を始めていくときです。自分で仕事を始めれば、同じような興味のある人たちを引き寄せていきます。そして、この人が社長になるとかではなくて、平等にいろいろな仕事、アイデアをシェアしていく。そういうフラットな組織を、皆さんぜひ自分でつくっていってください。平等にみんなが与えられる、そして受け取れる、そういった新しいビジネスをつくっていってください。

自分の権利のために立ち上がる。そして全ての生命のケアをする。皆さんを所有してきた人たちは、命令はしてきましたが、どうやって現実的に現場をやっていいかわからない。

皆さんがやってきた仕事がわからないのです。大企業で働いている方は、例えば1日8時間働くとか、そういうことが決まっています。「もうちょっと長くいてこれもやってくれ」とか「あれもやってくれ」と押しつけられて、それに対して皆さんは対価をもらってないのです。だから今、「私の決まった時間は終わったので、自分でやってください」というふうに、皆さんも立ち上がっていってください。

そんなことできない、クビにされると思うかもしれませんが、クビにされたらそれでいいと思います。クビにされてください。

そうすると、ウイルスが皆さんに直面させようとしている本当の自分になれる。本当の自分になれば、答えを自分で発見できるのです。

もちろん彼らは、「これでどう?」というふうに皆さんを懐柔《かいじゅう》するかもしれません。でも今、そういう賄賂《わいろ》のような、懐柔のようなものに、背を向けるときだと思うのです。

生活の中で、全ての生命をリスペクトする意識と行動を取り込んでいくこと

世界家族の話を最初にしましたが、どんな宗教を信仰していてもいいのです。**人間のためだけの神だと言っている宗教はありません。動物も人間と同じ価値があります。そして、木や植物にもやるべきことがあるのです。**鳥もそうです。どこに行ってもエネルギーを運んでいきます。魚もエネルギーを世界とシェアしています。浄化するのです。

ですから大切なのは、**皆さんの生活の中に、全ての生命をリスペクトするという意識と行動を取り込んでいくことです。**

アメリカの人たちにはクリスチャンが多いです。彼らは少なくともクリスチャンだと言っています。聖書でも、皆さんは地球の世話人だと言っているのです。皆さんは、個人的な満足を果たすために存在しているわけではないのです。皆さんが地球にいるのは、ともに取り組んで、世界を安全な場所にするためなのです。アリにはアリの取り組む仕事があるように。

もう地球上に100%ピュアな人種はいない
凝り固まった意識を壊して新しい水瓶座の本格サイクルへ

忘れないでください。**ウイルスの役割は、皆さんの、刷り込まれて凝り固まった生き方を壊して、もっと自然に生きることをさせることです。**そのために存在しているのです。

そして、**全ての生命を尊びなさいと教えています。**

例えば、いい場所に住んでいる人と知り合いになろうとか、自分と同じような人種、バックグラウンドがある人だけと知り合いになろうとか、そんなことではないのです。

この部屋にいる多くの方は、自分は100%日本人だと思っていると思いますが、皆さんを見ると、そうではないとわかります。**もうこの地球上に、ピュアな人種なんていないのです。**だからといって、上とか下とかということでもありません。

古いやり方は終わったということを言っているのです。

水瓶座の時代は、これから2000年続いていきます。皆さんが世界平和を構築するこ

ウイルスの役割は、皆さんの、
刷り込まれて凝り固まった生き方を壊して、
もっと自然に生きることをさせるために存在しているのです
全ての生命を尊びなさいと教えています

とによって、次のサイクルが始まるのです。ですから皆さん、今、本当の自分に責任を持って生きることを、それぞれがしていくときなのです。

サイキック・ヒーラー角田みゆきさんの「脳・思考とフィーリングの違いを体感するワーク」

ここで、角田《つのだ》みゆきさんに、少しお話をしてもらいたいと思います。お好きなだけお話しください。

重要なことは、私たちが違う宗教を信仰していても、違う文化であったとしても、お互いをリスペクトすることには、変わりはないということです。友情と愛のエネルギーを、皆さんぜひ毎日の生活の中でお使いください。

角田みゆき　皆さん、こんばんは。オンラインの向こうの皆さん、はじめまして。角田みゆきです。

何人いるかわからないけれど、結構な大人数に今回参加していただいたようで、昨日の夜に、レーネンさんのライブなのに、私のところに、とてつもないエネルギーが、今日のライブに向けてやってきたんですね。ものすごく熱いというか、強烈なエネルギーで、今日、皆さんにこのエネルギーをどう返そうかと。オンラインでも届くと思いますので、見えないけれど、ぜひ反応してくださいね。

言葉、声を届けるときに、どうしても文章で理解しようとすると、頭が重くなるんですね。言葉だから耳で聞こうとして、耳を澄ませると、余計頭が重くなる。みんな記憶は脳だけにあると思っています。脳の海馬かな、脳だけにあると思っているのですが、時を超え、時空を超えた記憶はエネルギーなんです。

私たちサイキックが、皆さんのエネルギーから過去世が見えるのは、このエネルギーに全て記憶されるからです。せっかくエネルギーのやりとりの場なので、もう脳へのメモメモはやめましょう。頭がどうしても四角く固くなって、モニターの皆さんが座っているかのようです。モニターの向こうでモニターが座っているという状態になってしまうので、自分はエネルギーだということをちょっと感じてください。

レーネンさんが今度3日間、フィーリングのイベントをやります。そのときにもっと詳しく教えてもらえると思いますが、今日はちょっと簡単に、脳と体のフィーリングの差を感じてもらえればいいかなと思います。

好き・嫌いというのは、脳が反応しているのです。いい・悪いもそうです。

では、みんな今一瞬、好きというものをちょっと浮かべてみてください。食べ物でもいいし、人でもいいし、子どもでもいいし、場所でもいいです。それで、ちょっとオーバーリアクションで「好き」と言ってみてください（笑）。

そのときに「好き」で体を止めてください。セーノ、「好き」。

――わかりますか⁈　エネルギーが前に出ることが。これは「好き」というエネルギーです。エネルギーも体から一歩前に出ちゃう。で、頭から上で「好き」。でも、これも固まっているの。

今度は「嫌い」と言ってみます。虫でも何でもいいし、誰かさんでもいいです。セーノ、「嫌い」。

——引くでしょう。今度は下がる。下がって、しかも壁をつくる。

だから、好きと嫌いというのは、同じなんですね。どっちにエネルギーが向いているかで、好きが前、嫌いは後ろなんです。これは脳がやっていることだから、偏《かたよ》っちゃうんです。好きも嫌いも同じというのは、脳で判断しているからで、エネルギーが固まった状態なんです。

だけどフィーリングというのは、常にフリーです。常に動いている。好き・嫌いもなくて、フワーンという状態が、フリーな状態です。

これが今後の進む道筋だったり、直感だったりするわけです。

フリー、フリー、フリー、さっきの好きと嫌いの大体真ん中辺りに、このフワーンという状態、形がない（固まっていない）状態で入っている。それが、ある体の動きをするときに、中心というものを感じてわかるんですね。

例えば、横の動きがあるでしょう。ちょっとみんな動いて（笑）。ちょっとメトロノームのような感じで（体を左右に振って）、真ん中に来るのが大体、横の中心です。今度は上下に動かす感じで（前後に体を振って）、フッ、フッとなった状態が、エネルギー的な中心です。ここで（エネルギーの中心で）感じられるようになると、今度は思考じゃなくて、「あっ、動いているよ、ハーン」みたいな感覚に。（中心感覚のエネルギーで）「これやっちゃおうかな～」とか「これにしようかな～」というのはフィーリングなんですね。

だから、よく「ワクワクしたーい」のがいいと思っているけれど、これは思考の場合が多い。「やりたい！」「欲しい！」（笑）。これは思考なんです。

本当の直感（フィーリング）が求めるのは「アッ」と押しちゃう。ネットでのクリックもそうだと思うんですけど、うちのイベントを買うときも、「アッ、押しちゃった」――これは思考ではない。体が動いちゃう。

ありがとうございました。（拍手）

体が自然と動く
＝ 本当の直感（フィーリング）

ハート、五感を使うことでコミュニケーションがどんどんクリアになっていく

全ての言葉を理解したわけではないですが、フィーリングは受け取りました。彼女はこう言っているな、そして皆さんはこういうことに反応しているんだなというのを受け取りました。全ての生命を尊ぶために、皆さんの五感を刺激するワークショップを3日間やります。動物そして植物は何と言っているか、鳥は何と言っているかを、皆さんが感じる。（彼らも）私たちと同じです。ただ皆さんの言語では話をしない。皆さんが五感を発見していくと、（彼らを）感じることができるようになります。

五感を使うと、同僚とかマネジャーとか上司とか、いろいろな人たちとのコミュニケーションがクリアになります（五感についてはPart2、Part3、Part4も参照）。そして、人が何を言っていても、（その人の）本心はこうなんだなとか、そういうものも知っていきます。言葉ではないんです。

これは、どう皆さんがハートで感じるか。皆さんがどういうエネルギーを放つかということでもあります。

過去のあり方を生きる政治家・リーダーをもう選択しないで手放していきましょう

大切なのは、過去を手放すことです。

皆さんがやってきたことは、基本的にうまくいかなかったんだと思います。

例えば、皆さん、できるだけベストなリーダーを選んできたのでしょうが、それは真実ではないと私は思います。皆さんが投票している政治家は、お金持ちとか一部の人たちだけでこれからも支配を続けていく。そういう人たちを皆さんは選んでいると思います。世界を変えていくとか、フラットな世界にする政治家を選んでいません。皆さんは、過去からのものをずっと続けていく政治家に投票しています。

いろいろな世界、そしていろいろな道を歩いてきた人たちの中に、すばらしい人がいると思います。政治のゲームをする人ではなくて、それぞれの個を認める人たちがもっと政治家になるべきです。そういう人たちに投票すべきだと思います。

アメリカもそうだし、メキシコもそうだし、お金を持っている人たちは、何とかしてくれません。こんな状況になって、私たちはケアされているなんて思えないです。

そういう今までの過去のあり方を生きている政治家やリーダーは、皆さんなんかどうでもいいのです。その人たちに「交流しようよ」と招かれることなんかありません。彼らは特別な自分たちの小さな世界にいて、皆さん一般の人たちを招いて交流しようなんて思っていません。望んでもいません。

ここにいる女性の方でも、すばらしい政治家になれる素質のある人がいます。学校の先生、大学教授、作家で、お金持ちではないし、有名でもない。でも、いろいろな苦しみを理解できる。それから個というものを理解できる人です。そういう人たちは、いろいろな変化を起こせると思うのです。

だからみんなで取り組んでいかなければいけない。

皆さん、今までの過去をずっと引きずっているような政治家に、もう投票しないことです。彼らは一般の人たちが何を必要としているか、そんなことは知りません。そして自分たちのいろいろな動機があります。皆さんはその中に入っていません。自分たちのためだけの動機でいろいろなことをやっているのです。

だから皆さんは自分自身で環境をつくっていく。お互いがサポートし合う、助け合う、そしてシェアし合うという環境を、皆さんがともにつくっていくときなのです。

それから、笑いをもっと人生にもたらしてください。喜びも大事です。笑うために何かを諦める必要はありません。笑うと、ほかの人も笑います。ほかの人にニコッとすれば、その人もともにニコッとします。

ウイルスを怖がるのは、霊的に何の論理的意味も成しません

ウイルスから自分を守ろうとか、そういうことにフォーカスしないでください。

なぜならばウイルスは問題ではない。地震も問題ではない。（そこが問題なのではなく、

ただシンプルに）皆さんに気づけと言っているのです。成長しなさいと言っているのです。お互いに愛し合い、お互いに思い合う、そういう将来をつくっていきなさいと言っているのです。

私は、皆さんがそのままでいるあり方をリスペクトしますが、自宅においでと招待はしません。私の周りにはいないでと思う人たちもいます。その人たちは、そのままでいる権利がある。それを悪いと判断しているわけではないです。皆さんそれぞれだと思います。人間である以上は、「ああいう人の周りにはいたくない」というジャッジの部分もあると思うんです。その人たちを批判する必要はないけれど、ただ、（近くに）いなきゃいいだけだと思います。あらゆることに同意しなくても、皆さんそれぞれにいろいろな意見があっていい。いろいろな意見を持つ権利をリスペクトすることはとても重要だと思います。

問題があっても、いろいろな意見、アイデアを探求してみれば、必ず解決法はあるのです。数千年間に起きた発明は、問題を改善しよう、それをよりよくしようとして、五感を使うことによって生まれました。

いろいろ新しいものを生み出すのは、全て自分がどう感じるかです。フィーリングとか五感を通して、実は発明は行われているのです。
そういうすばらしい発明が、大きな企業によって潰されたり、横取りされてきました。ちょっとしたお金で買い取って、うちの会社がつくりましたとか。でも皆さん、もうそんな形で奴隷になる必要はないです。探求しよう、前に進んでいこう、そして楽しんでいこうと思えば、必ず解決法があります。

だからウイルスではないのです。
子どもでも友達でも、全ての人に知らせる大事なことは3つです。

☆魂のエネルギー、魂の期待を生きるために私たちは生まれたということ。
☆人生でやってくるあらゆる経験は、自分の成長のために、バランスのために必要なんだということ。別にその経験を好きになる必要はない。
☆好むと好まざるとにかかわらず、皆さんいつか死にます。

事故もあります。病気でも死にます。
だからウイルスを怖がるのは、霊的に何の論理的な意味も成しません。
ある人にとっては、向こうの世界に行く、死ぬチャンスとして
ウイルスを使うこともできるし、どちらにしろ、皆さんいつか死ぬのです。

そして、皆さんが稼ぐ全てのお金は、スピリットワールドのどこに行こうが持っていけません。お金なんかどうでもいいと、向こうの世界は思っています。だから、あらゆる生命を助けるために、お金を使ってください。痛み、恐怖なく生き残っていくために助けてあげる、全ての生命、人をサポートするということです。

サイコメトリを使えば、人生をクリアにコミュニケーションあふれたものに変えられる

私はサイコメトリ（物体に秘められた記憶を読み取る能力）を教えていますが、多くの

人は、サイコメトリはサイキックが使うものだ、自分には関係ないと思っています。でも、サイコメトリを学ぶと、買い物にも役立ちます（サイコメトリについてはＰａｒｔ２、Ｐａｒｔ４も参照）。

例えばスーパーマーケットに行って、自分のサイコメトリのエネルギーを使って、「このプラムを買おう」と感じるのです。自分に必要なのはこれだというのを「マグネットのように手が行った。これを選ぼう」というふうに、サイコメトリは使えるのです。

洋服を買いに行く場合も、親に言われたからこの色にしようとか、これを着ろと言われたからこれにするという買い方はしないでください。エネルギーを感じてみるのです。いろいろな洋服をさわってみる。そして自分の体で感じてください。見るのではなくて、感じる。そうすると、「ああ、これが必要だな」というのがわかってきます。

サイコメトリを使うと、皆さんの人生をもっとクリアに、そしてコミュニケーションにあふれたものにすることが可能です。サイコメトリの能力が高まると、どの動物は避けたほうがいいなというのも感じるようにます。日本には、大きな犬を怖がる人がたくさんいます。けれども、全ての犬が悪いわけではなく、動物も犬も、みんなそれぞれに違うエネルギーがあるだけです。感じれば感じるほど、大きい犬は怖い、そういう思い込みを壊し、成長するのです。


ウイルスに関しても、それを言い訳にしないことです。隔離しようとか、自粛するというのを、皆さん言い訳にしています。ウイルスは一つの問題にすぎません。

「私は、ここに行こう」と、今日、会場に来てくれた人たちもいます。あの人たちができるのだったら私たちもできると、いろいろな人たちが知って学んでいくと思います。

人に言われたことに反応しない本当の自分を理解して生きていくことの大切さ

皆さん、支配と所有を壊していくときです。

マスメディアを含め、そういうものの支配と所有から自由になる。「世の中全体がそう言っているから私はこうできない……」それは支配と所有を認めていることです。それをもうやめていくときだと思います。

私の友人に昔、スキャンダルがあった人がいます。そして今も、報道は彼女を許していません。でも、報道関係にいるいろいろな人たちが、彼女がやった以上に、もっとひどいことをしています。ただ、逮捕されてない、発見されてないというだけです。

私ならしないことをしている人もここにいると思います。皆さんが絶対しないであろう多くのことを、私はしています（笑）。

そうなんです。**私は、神がこういう経験をもたらすならやろうと思って、そうやって生きてきたのです。**だから皆さんが「あんなこともしたんだろうな」と思うようなことを、私は皆さんが思うとおり、いろいろしています。

人は皆さんに、いいとか悪いとか、正しいとか間違っているとか、いろいろ言います。

でも私ははっきり言います。

「人にいろいろ言われたことに反応しないでください」

「ウィリアムはおかしいよ」と言う人たちもいます。私は「そうですね。ありがとうございます」と言います。そして、「あなたがクレージーだから、私のクレージーさがわかるんじゃない？」と言い返します。

皆さん、本当の自分というものを理解してください。そしてそれを生きる。そうすると、ほかの人たちも「本当の自分を生きていいんだな。自分もそうして生きていこう」というところに目覚めていきます。

ですから皆さん、ウイルスに翻弄されないでください。これは別のことなんです。何も怖がる必要はありません。最悪、死ぬのです。そのほうが自動車事故で死ぬよりも楽に死ねます。飛行機事故で死ぬよりも楽です。

「来るならおいで」でいいと思います。

多くの人に免疫ができています。私がサイキック的に見ると、多くの人に、もうウイルスは入っていて、抗体ができています。魂の成長のために必要な経験は、必ずもたらされるのです。

カリフォルニアのロサンゼルスにいた私の知り合いの夫婦は、多くのサイキックがロサンゼルスに大きな地震が来ると予言したので、荷造りしてラスベガスに逃げました。ところが、チェックインしたホテルにトラックが突っ込んできた。彼らの部屋まで突っ込んできたので、彼らは死にました。

何かで死ななければいけないなら、どうにかして死ぬのです。何かが起きます。例えば、飛行機が事故を起こして滑走路で炎上しても、そこから逃げる人は逃げますし、そこで死ぬ人もいます。死ぬべきではない人はそこから無傷で出ていくし、死ぬべき人はそこで死ぬのです。

ですから、ともに平和な未来をつくっていくことに取り組みませんか。

そうすれば皆さんの子ども、孫たちがこの地球で生きていく環境を残すことができます。

皆さんが今まで生きてきたライフスタイル（生き方）は、この地球を破壊しています。それは科学者も認めています。お金、お金、お金と、お金をベースにするから、皆さん行動しないのです。変わっていこうとしない。

そして子どもたちや孫たちに、地球を破壊せずに生きていくことを教えない。いつもお金というものを全ての理由にして、お金がこうだからやらない、こうだからやるという生き方を主軸にするのは、地球をただ破壊しているだけです。

今、生きている現実がイヤなら自分自身を変える、自分の現実を創ること

今日のメッセージは、過去を手放そうということです。過去のあり方、刷り込みを手放していかなければいけない。皆さん、全ての生命をリスペクトする世界を創っていくのに貢献するのです。そして、自分だけにフォーカスする生き方をやめる。

皆さんの子どもたち、孫たちは、どう生きていっていいかわからないと思います。皆さんは、子どもたちに社会に合うように生きていくとか、なるべく上の上流階級に行くようにするとか、そんなことを教えていると思うんです。だから今、若い人たちの多くは、いろいろな変化が起きてきたときにどう生き残るか、わからないと思います。

皆さんの親や祖父母は、戦争やいろいろな問題を通して、どう生き残るかを学んだと思います。でも若い人たちは、皆さんの生き方を通して、どう生き残っていくかを学びます。

笑い、セレブレーション（祝福）、平等さ、喜び、そういう新しい生き方を通して、こうやって生き残っていけばいいんだという未来への生き残り方法を、子どもたち、孫たちに教えてあげてください。

皆さんが今、生きている現実がイヤなら、自分の現実を創る権利があるのです。このパンデミックを生き残っていくためには、皆さんがそれぞれに自分がイヤだと思うものを変えていくことです。嫌いなものを変えようとするのではなくて、自分を変えていくのです。そうすることによって皆さんは自分の現実を創っていくのです。

きょうここに来た方、それから見ている方、政府は外に行くなと言っています。でも皆さんは、「私は外に行こう。ここに参加しよう」と自分で現実を創った。それでいいと思います。

「日本に行くな」と、アメリカで私は言われました。年寄りだし、病気にかかりやすい。私が２００２年に障害者になったとき、家族は余命５年だと言われたのです。２００７年以後も、まだ生きています（笑）。

笑い、セレブレーション（祝福）、平等さ、喜び、
そういう新しい生き方を通して、
未来への生き残り方法を、
子どもたち、孫たちに教えてあげてください

自分の現実は自分で創れます。皆さんが選択していくのです。政府が何と言おうと、周りがどう言おうと、彼らの意見でしかない。私にとって適切なのはこれだと、皆さんそれぞれに自分の現実を創ってください。

政府を変えようとするのではないのです。貧しい人とか、皆さんのような一般の、毎日一生懸命働かなければいけないような人たちとともに取り組むことによって、大きな力に変えていくのです。プロモーションするお金がないと思っても、いろいろな人たちと話しに行く、シェアしに行く。そしてサポートを受け取っていってください。そうすると、皆さんがトップになっていきます。

Part 2

宇宙の意図を訊く

―― 現状と近未来への質疑応答

『日本と世界からオンラインで参加できるウィリアム・レーネンの2時間ライブ後半』より

（2020年4月18日開催）

世界家族を創造するのが宇宙の意図
ウイルスは人類の目覚ましに活用されている

皆さん、忘れないでください。(ワシントン州の)タコマでのイベントは6月の終わりにあるのですが安全です。日本にも入国できるし、アメリカも大丈夫だと思います(追記:イベントは無事終了)。

私の意見でしかありませんけれども、前にも言ったとおり、ウイルスは休息期間に入っていきます。休みには入りますが、終わってはいません。1年以内に戻ってきます。今よりもっと強力なものになる可能性があります。

このウイルスを誰がつくったかとか、どこで始まったかはどうでもよくて、ポイントは、皆さんが目を覚ますためだということです。痛みのない世界、戦争のない世界を創造していく、世界家族を創造していくのが宇宙の意図・計画です。皆さんが目覚めて世界家族、そして平和で戦争のない世界をつくるために、宇宙はこのウイルスを使っています。

痛みのない世界、
戦争のない世界を創造していく、
世界家族を創造していくのが
宇宙の意図・計画です

「戦争が起きても、行きたくないなら、あなたは戦争に参加する必要はないよ」と若い人に言ってあげてください。行きたいなら、どうぞ。でも、誰があなたに戦争に行って人を殺す許可を与えたのか。戦争は人を殺すということです。

今も政府は自粛しろとか、ああするな、こうするなと言っています。戦争が起きても同じで、国を守るために戦争に行けと言います。でも皆さんが行きたくないなら、行かなくていいと私は思うのです。自分の個のために立ち上がってください。

自宅で観ている方、忘れないでください。皆さんには、本当の自分を生きる権利があります。皆さんがもっと五感を使うことが多くなれば、自分の魂はこういうことをしてほしいんだなということをもっと感じていきます。誰かの許可なんて要らない。あなたとあなたの魂の許可が必要なだけです。

ウィリアム・レーネン　きょうは個人的な質問にはお答えしませんが、自分にもほかの人にも役立つような質問があればしてください。オンラインで参加している方も、質問したいという方は手を挙げてください。

質問者A　今回のコロナについて、宇宙のスピリットからの働きかけやサポートは入っておりますでしょうか。

レーネン　イエスです。宇宙もスピリットの世界も、目を覚ましてほしいと思っているのです。これで目を覚まそうとしない方は、それはそれでいいです。

しかしながら、何度も何度も転生をただ繰り返すだけです。そして、その何度もの転生を越えて、最終的に目を覚まさなければいけないのです。

この破壊された世界を新しい世界に変えていくことに貢献するために何の行動もしない、魂の意図をブレンドすることをしないと決める方たちは、地球には転生しないで、別の星での転生をすると思います。

サポートは受け取っています。そのサポートを感じるのは大変です。

なぜならば、皆さんは刷り込みがあります。わかる形で、論理的に説明できる形で受け取らないものはサポートではないとか、自分たちの期待するものでないものはサポートではないと思うかもしれません。でもサポートは来ています。

サポートは、**皆さんがもっと五感を学ぶということ**です。それから**サイコメトリの感覚を学んでいく。そしてもっと祝福して手放す。幽霊だったときの記憶が、非常にネガティブな意味で、この地球にいろいろな影響を与えているのです。そういうものをみんなでともに解放していく**、手放していくことに取り組むのも非常に重要だと思います。

質問者B　コロナウイルスの拡大防止ということで、営業を自粛してくださいという依頼がありますけれども、その補償が諸外国と比べて少額だったり、対応が遅かったり、いろいろあります。日本の国のデフォルトというのを、少し現実味を持って考えたほうがいいでしょうか。

レーネン　日本だけでなくて、世界中で経済問題はこれからいっぱい出てきます。

なぜならば、今、浄化しようとしているのです。人は所有されなければいけないという
あり方は、浄化されなければいけない。皆さんはお金を中心に生きている。お金というの
は支配であり所有です。そういうあり方を浄化していくためにも、日本だけでなくて、こ
れから世界中でいろいろな経済問題を経験していくと思います。

私がきょう皆さんに言った嵐のことも、これから起きる火山のことも、全て小さな出来
事ではないです。経済も、非常に大きな問題を迎えていくと思います。

依存しないということを学ぶのです。世界の人口の一部の人たちだけが、膨大な富を持
って世界を動かしているというシステムは、浄化のために壊れなければいけない。この構
造を壊すために、非常に大きな経済的危機を迎えます。

なぜならば、大きな経済問題が起きないと、また過去のような形に戻ります。お金があ
れば自分のほうが上とか、よりよいとか、そういうような上下関係に人間は戻っていきま
す。

地球は、もうほぼ死んだ状態です。今までの古い構造が地球を瀕死状態にした。お金中心で、一部の金持ちたちが人を支配して所有するためにやってきたシステムを壊すために、非常に大きな経済危機がやってきます。でも新聞とかメディアは、地球が死に瀕しているということを報じていません。

過去のやり方のほうがいい、なれ親しんだものがいい、それが安定だと思っている方たちは、自分を奴隷にしているだけです。自由になりたくないということです。

私がやっているワークショップにはお金持ちは来ません。彼らはプライベートでやっていこうとします。いろいろな人たちが参加しているワークショップには来ようとしない。

質問者C　幽霊を浄化するために、プロじゃない人、霊を感じない人でもできることはありますか。

レーネン　ヒーラーでも、一般の人でも、幽霊とか幽霊の記憶を浄化することは可能です。前に皆さんにお伝えしましたが、ゴーストのワークショップでは、ヒーラーでなくても、お化け、そしてお化けの記憶を浄化することを学ぶことができます。みんなできます。みんながゴーストヒーラーになることは、今とても重要です。地球にはもっとゴーストヒーラーが必要です。古いエネルギーを浄化することによって、いろいろなネガティブな集合意識を浄化していきます。

幽霊を怖がらないでください。怖くないです。また、ウイルスのような闇や恐怖は、彼らにとってディナーなんです。みんなが怖がってくれるその反応を、生きる支えにしているのです。だから怖がらないことです。

ある人にゴーストが取り憑いていました。その人がいろいろなヒーラーのところに行ったら、ヒーラーたちが怖がった。それで私のところに来たので、「どうぞ入っておいで」と言いました。そうしたらダークなスピリットは、その人から去っていきました。

だから怖がらないことです。皆さんが反応するから続くのです。怖がると、もっとやってやろう、もっとやってやろうとなる。怖がるというリアクションがディナーになっています。

浄化のやり方は誰でも学べます。そのワークショップをやりますので、ぜひ皆さん参加

幽霊を怖がらないでください、怖くないのです
ウイルスのような闇や恐怖は、
彼らにとってディナーなんです
みんなが怖がってくれるその反応を、
生きる支えにしているのです
だから怖がらないことです

してください。現地に来てもいいし、オンラインでも参加できます。

質問者D　ここ数年でアセンションは起こりますか。

レーネン　アセンションというのは個人個人のことだと思います。**上昇するというのは、それぞれ個人の責任です。**全体が上がるということではないと思います。アセンションというのは、いろいろな意味があると思いますが、私は質問のアセンションの意味がよくわかりません。もし、地球が上昇して別な何かが生まれるとお考えであれば、それはないと思います。

私は神を信じています。それから、魂の成長を信じています。だから皆さんそれぞれが上昇することはできます。

でも、地球上の何百万人の人たちにはカルマがあります。彼らが準備できないのであったら、彼らは上昇しないし、そういう人たちの影響は受けません。そしてそれは、**個人個**

人が五感を使っていく、そして本当の自分の魂の意図を生きていくことによって実現していく。上昇していくというのはそういうことであって、地球全体が上がって、みんなも上がっていくということではありません。

自分以外のほかの人はどうでもいいのです。皆さんがそれぞれ上昇していけば、自分もそうやっていこうという人たちが皆さんの後に続いていきます。私はリインカネーション（転生）を信じていますが、それを信じていない方はそれでいいんです。私が一番好きな過去世は、犬として生きたときです。とっても楽しかったです。私が誰と寝ても誰も気にしないですし（笑）。

質問者E　コロナウイルスは、動物や植物にどんな影響を与えていますか。

レーネン　例えば、とても穏やかだった動物がいきなり怒ってきたりとか、人間でも落ち込んだりとか、怒りで反応したりとか、それから植物が枯れやすくなるとか、そういう影響はあります。

人間の受けている影響にのみフォーカスするのは非常に身勝手です。全ての生命が影響を受けます。成長してください。人間だから優れているということはないし、人間だけがこの地球に住んでいるわけではないです。皆さん、成長する必要があります。いろいろな生命がいるのです。

全ての人は魂に導かれている 思考でどう思っていようが、魂は全然気にしていない

この2時間でいろいろな話をしました。それに対して文句を言う人がいるし、そういういろいろな文句を受け取る非常にいいチャンスのライブだったと思います（笑）。皆さんが文句を言おうと、私には住む場所があるし、それでいいのです。皆さんがどう思おうがどうでもいいと思います。

皆さん、もし自分のために、すばらしい美しい場所を創りたいなら創ることができます。

しかしながら、自分の美しい場所とか現実というものを、ほかの人に強制することはできません。**全ての人は魂に導かれています。魂は、皆さんが思考でどう思っていようが全然気にしていません。**

今日は、突然こういう状況になって、テクニカルなものを全部担当してくださった方がいます。彼は今晩のことだけでなくて、いろいろなアイデアを持っています。その才能、能力で成功していくと思います。お金持ちになるとか有名になるとかではなくて、みんなが生き残っていけるような世界をつくっていくのに貢献すると思います。どうもありがとうございました。（拍手）

タコマに来たい方は来てください。私は日本に来たかったので来ました。私がどこにいても、ウイルスにかかるときにはかかる。経験すべき運命ならば、どこでもいいと思うのです。だからタコマに来たい方は来てください。今までに参加してくださった方がまた来ますので、そんなにたくさん残っていませんが、皆さんぜひ来てください。ジョージとルナタもきょうはモニターで観ていると思います。周りはいろいろ言うと思いますが、東京でのいろいろなイベントにもぜひ来てください。ジョージたちもいろいろな場所にともに行きますので、皆さんよろしくお願いします。

成田でもワークショップをやります。それから、ゴーストワークショップもやります。別にプロフェッショナルなヒーラーになるわけではなくて、霊的な自分の取り組みです。オフィスでもできるし、おうちでもできるし、そうやって少しずつ浄化をしてください。いろいろなものを手放していくというのは、あり方であり、あり方を生きるということでもあると思います。それから、こういう心情を生きるということでもあると思います。

重要なポイントは、すばらしい未来を持つことです。そうじゃなかったら、それはそれで仕方ありませんけれども、皆さんはすばらしい未来を構築することが可能です。そうじゃなくてもいいです。皆さんがみじめなら、みじめな人生を楽しんでください。みじめな人生をさんざん経験したら、もうやめようと思うかもしれないし、みじめな人生がいい方は、それを楽しんでください。いつまでも嘆き、不満にあふれているのを楽しんでください。しかしながら、私はそういう方との交流に興味はありません。

ウイルスで死のうが、地震で死のうがいいのです。皆さんいずれ死にます。だからそんなことに恐怖を持って、周りの言うこと、政府の言うことに踊らされないことが大事だと思います。

皆さん、平和にお帰りください。それから、皆さん、セレブレーションをぜひ生きていってください。

みゆきさんも、どうもありがとうございました。(拍手)

Part 3

宇宙次元からの愛と警鐘

―― 深奥核心の直語り

『ウィリアム・レーネン氏へのインタビュー』より

（レーネンさんの都内滞在先　２０２０年４月24日）

人間が創った新型コロナの独特な特性とは？ 人の意識とウイルス本来の意識が組み合わさっている

新型コロナウイルスは人工的につくられたものだと思います。ある国を攻撃し、力をそぐために、一つの国だけではなく、2、3の国がこれを計画したのでしょう。

ウイルスも生きているので意識はあります。そして、人間がつくったこのウイルスには独特な意識ができてしまいました。

自然にあるものは、バランスを保つために宇宙がつくり出したものです。人工的につくられたウイルスは、人間がもっと力と支配をかけていこうと思ってつくったものです。

このウイルスには人間の一部の意識とウイルス本来の意識が組み合わさって入っています。だから逃げ道を探して、自分がつくられた場所から逃げ出したのです。

イタリアやアメリカは非常に大きな問題があります。

イタリアの歴史は、支配とネガティブさの歴史です。ローマ帝国もカトリックもバチカンもそうです。ウイルスは支配的なところを特に狙《ねら》っているのです。

アメリカは資本主義の象徴です。アメリカは歴史上、いろいろな国との協定を守ったことがありません。アメリカに来たヨーロッパ人は、先住民を殺し、自分の欲しいものをつくり、アメリカを自分たちの思いどおりに変えようとしました。ウイルスはそういった人間の意識も持ち合わせているのです。

これは私がアクセスしている向こうの世界から教えてもらいました。賛同しない人もいると思いますが、それはそれでいいのです。私は言われたことをただ伝えているだけです。直感的なサイキックの人たちは、また違うソースから答えをアクセスするかもしれません。

ネガティブなウイルスであっても存在する権利を愛してあげれば人を殺さない

私がそこからわかったことは、宇宙は地球を救うため、地球を癒やすために、このウイルスを使ったということです。

地球は今、瀕死《ひんし》の状態です。お金持ちや影響力のある政治家は、地球は生命が生きているということを理解していません。動物も植物も虫も、みんな目的があってバランスのために存在していることを一切無視しているのです。彼らは自分たちの快適さのために、いろいろな生命を殺し続けてきました。だから地球にはバランスに役立つ存在がいません。

今、地球は病気なのです。宇宙は地球を救うために、このウイルスを使って一生懸命人口を減らそうとしています。中国はお金のために地球を壊そうとしています。地球は生きている存在であることを見ようとしないのです。それもあって、中国も非常にウイルスの影響を受けたのです。

ウイルスには独特な意識があることに触れましたが、話しかけたり、対話することができます。今、世界は非常にネガティブです。このウイルスはネガティブさが強く、暗闇です。

でも、あなたがそこに存在する権利があるように、ウイルスもそのままそこにいる権利があります。その権利を愛してあげれば、ウイルスは来ないのです。ウイルスは光を生きている人の中には入ってこられません。ウイルスはネガティブな人に入り込んで、ネガティブさをエサにして、自分がもっと強くなろうとしているのです。

ウイルスに感染しても多くの人が生き残っています。現実は、死ぬ人より生きている人たちのほうがはるかに多いのです。体内にウイルスが入っても、風邪で終わったり、どこかがちょっと痛いとかで終わります。多くの人はそこまでネガティブなエネルギーがないからです。ウイルスは体の中に入って人を殺すまでできるのに、ネガティブなエネルギーが足りなくてできないのです。

むしろ、メディアが差別とか偏見を強調してかえってネガティブをあおっています。要は、支配を諦めたくないのです。だから、繰り返しますが、一般の人たちはポジティブに考えているだけではなく、ポジティブさを生きることが大切なのです。

恐怖による支配から目覚めていないことが集合意識に悪い影響を与えている

今は水瓶座の時代です。全てが平等に、平らになっていく時代です。地球をコントロールして、みんなを働かせておカネを吸い取ってきた一部の人たちは、同じことをもう続けられないことはわかっています。

だから一般の人に恐怖を与えることによって、自分たちの支配を手放さないことを示したいのです。その集合意識が今の状況を引き起こしています。

ある意味、コロナはリトマス試験紙で、私たちは試されているのです。一部の金持ちと一部のコントローラーたちが、こうやってみんなを怖がらせています。みんなが怖がることによって、自分たちはまだ支配ができることを示したいという事例にすぎないのです。

本当の自分に目覚めないで、言われるがまま信じてその集合意識に影響を受けているのは、「あなたたちは私たちを支配していいですよ」と言っていることと同じです。この階級社会の存続を容認し、バランスを実現するための新しい世界をつくろうとしていないのです。

大切なのは、ともに進むということです。お互いに好きになる必要はありませんが、誰かを非難とか批判するのではなく、全ての人がそのままでいる権利を愛さなければいけないのです。全ての生命が、そのままでいる権利をリスペクトする生き方をすればするほど、それがウイルスの抗体をつくります。統合とか平和を通して、もっと抗体ができてくるのです。

多くのポジティブな人たちは、「これは私にとってポジティブだから、あなたにとってもポジティブなのよ」というのを押しつけてきます。それがポジティブとネガティブの摩擦になっています。今は無条件の愛に生きるときです。みんなそれぞれに信じるものを生きていい。自分にとってうまくいくものを人に押しつけないことも非常に大事です。

彼らが生きている「愛」を自分はいいとは思わなくても、彼らはそれを生きていい。あなたはあなたの愛を生きる権利がある。

例えば、子どもに、こうしちゃいけない、ああしちゃいけないと言うのが愛だと思っている親がいます。それは本当の愛ではないですが、その人たちがそれを愛だと思っているなら、どうぞやってください。全ての人がそのままでいる権利をリスペクトすることが、いろいろな抗体をつくり、リスペクトの世界をつくっていくのです。

今は水瓶座の時代です。今生まれてくる多くの子どもたちは、非常に霊的な側面を持っています。霊的な意識が非常に強い子どもたちが地球に来ているのです。多くの親がフラストレーションを感じているのは、自分よりも自分の子どものほうがもっと気づいているからです。だから一生懸命それを抑圧しようとするのです。親は抑圧をやめて、子どもがそのままでいる権利をリスペクトするべきです。親子であろうが、友達であろうが、嫌いな人であろうが、全てがお互いにリスペクトする。それが無条件の愛を生きるということです。

アトランティス、ムー、レムリア以上の危機 目覚めるための手始めが新型コロナです

霊的な意識の抗体が出てきたら、コロナも終息します。ただし、そうなるまでには時間がかかります。ウイルスが休眠状態に入ると、多くの人が「ああ、終わった。前に戻れるよ」と言って、古い形に戻ろうとするでしょう。もっと高い階級社会を維持するために、高級店がオープンしたり、必要以上に車をつくったりします。そうすると、ウイルスはまたワッと戻ってきます。

このウイルスは非常に頭がいいのです。それは宇宙のスピリットがサポートしながら活用しているからです。宇宙は、別にそれを悪いとか、かわいそうとかは思っていません。バランスという観点から見て、「バランスを実現しているなら、私たちは介入しない」という立場です。科学者がよく「惑星が爆発している」とか「あれは爆発している惑星だ」とか言いますね。あれはバランスを実現できなかったから爆発したのです。地球もそ

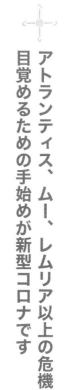

の状況に近づいていています。私たち人類が目覚めないと、爆発することによって何かのバランスを実現することになるのです。

今の状況が続けば、地球に生まれてきた魂たちは、次は地球に転生できません。別の惑星に転生せざるを得ないのです。

過去に、アトランティス、ムー、レムリアで人類は滅びました。

今はそれ以上の危機に直面しています。人類が本当に目覚めなければ、地球全体が滅んでしまいます。目覚めるための手始めが新型コロナです。コロナだけではなく、もっとすごい体験がこれからいろいろ出てくると思います。

最近、ロシアの科学者が、不毛の惑星だと思われていた星に大気と水を発見したというニュースがありました。地球がなくなったときに人間が新しい惑星に転生できるように、宇宙ではもう準備が始まっているのです。地球がダメになったときのために、宇宙の計画はずっと動いています。宇宙のスピリットたちもその計画を立てているのです。

地底人や宇宙人の助けも意図的に遮断してきた地球の支配者たち

例えば、地底人は支配者たちによって彼らの平和的な生き方を侵害されました。それで地下に潜ったのです。彼らは地上にはもう戻ってきません。

それなのに、人間にシグナルを送って助けようとしてきました。それを人間は全て拒絶してきたのです。

宇宙人も人間を助けたいと思っています。その助けを受けることもできました。

ところが、私たちはメディアや映画を通して「宇宙人は悪」と思わされています。宇宙戦争の映画を見て、「宇宙人は地球を侵略しようとしている」と怖がっています。**支配者たちは一般人と宇宙人のコンタクトを意図的に切ってきた**のです。

もちろんネガティブな宇宙人もいると思いますが、そんなネガティブな宇宙人も五感を使うことによって、「ああ、この地球人たちといると心地悪い」ということを感じます。

でも、心地悪いから殺すということではありません。そういう宇宙人たちもリスペクトを生きています。彼らは別に地球を攻撃して乗っ取ろうなんて思っていません。ネガティブではありますが、地球のネガティブさよりも全然マシです。彼らでさえ、地球を見て、こんな後退したネガティブな人たちのところへ行きたくないと思っているのです。

ネガティブにフォーカスして生きている宇宙人の世界にポジティブな魂が生まれると、殺すのではなく、ポジティブな星に送り返してくれるのです。彼らはネガティブですが、それでも宇宙の法則の中でリスペクトを生きているのです。地球を燃やしたり攻撃しようなんて思っていません。

彼らが思う以上に、私たちのほうがよっぽどネガティブで、よっぽど宇宙の法則を破っているのです。

私が人にもっと勧めたいのは、人類、宇宙人も、動物も、植物も含めて、全ての生命それぞれがそうある権利をリスペクトしようということです。みんながその生き方をする必要があるのです。

ネガティブな宇宙人でさえ、地球を見て
こんな後退したネガティブな人たちのところへ
行きたくないと思っているのです
彼らが思う以上に、私たちのほうがよっぽどネガティブで
よっぽど宇宙の法則を破っているのです

12サイクル最後の水瓶座の時代、ここで一挙にバランスを実現していくことになる

グループが集まるときも、お金持ちだけのイベントとか貧乏な人だけのイベントではなく、おカネがあってもなくても、みんなが一緒に参加することが大事です。階級をなくし、みんながブレンドしていくことがとても重要だと思います。

数千年間続いてきた階級社会は非常に大きな歪みをつくり出しました。階級の下の人は、上の階級に入るために賄賂を贈ります。階級が上がると下の人を支配しようとします。それが全て地球の歪みとなります。

10年やそこらでそれが変わるとは思いません。非常に長い時間がかかります。それでも、この水瓶座の時代の2000年で達成しなければいけないのです。

水瓶座の時代は12のサイクルの最後です。つまり、12個のサイクルの中のアンバランス

さを一挙に修正する時代なのです。この間にバランスを実現しないと、2000年後には、またクセのある時代が始まってしまうのです。

エリートとかお金持ちはパーティーにホームレスの人を招いたりはしません。お金持ちはお金持ちしか招かないのです。そうではなく、お金持ちがホームレスの人を招き、ホームレスの人がお金持ちを招くことで、平等さを発見していきます。別にお金持ちが悪とか、お金持ちをやめろということではありません。いろいろな階級にいる人たちがブレンドしていく。そして、おカネのある人はおカネのない人たちのために、分かち合い、シェアする生き方が大事なのです。

日本でもイギリスでも、おなかいっぱい食べられない子どもたちがたくさんいます。階級をブレンドすることによって飢餓はなくなります。それを人間は地球で学んでいません。おカネのない人は飢餓状態でいいと思っています。

でも、全ての人が、心地よく寝て、心地よく食べて、心地よく住めるスペースを持つに値するというのが宇宙の法則です。お金持ちが、広い大豪邸に住んでいるのは一人か二人というのはアンバランスです。それぞれがそれぞれに心地よい場所が持てて、ちゃんと食べられる社会をつくらなければいけないのです。

例えば、インドではあれだけ大きな土地があるのだから、みんながちゃんと食べていけるだけの穀物は育てられます。お金持ちがいてもいいのですが、彼らが富を全部握って、おカネを持たない人たちのために使おうとしなければ、コロナ的なものが戻ってきます。

コロナ的な状況はいつでも発生します。そういう時代なのです。

魂が求めている経験をしない人が増えるほど地球のバランスはおかしくなる

もちろん、魚座の時代にもこのようなレッスンは少しずつ来ていました。それを人間が学ばなかっただけです。人々はみんな目隠しをしていました。階級社会とか差別のある社会でもしようがないと、それに甘んじてきたのです。でも、人はもう我慢しません。日本でもスウェーデンでもそうです。

全ての人が、
心地よく寝て、心地よく食べて、
心地よく住めるスペースを持つに値する
というのが宇宙の法則です

昔は、田舎に住む人は代々農民でいなければいけないという抑圧された時代を生きていました。そして現代、大規模農業は、おカネのためにケミカルを使って大量生産することで、結局は人や地球を痛めつけることにつながりました。別にみんなが農民になる必要はありません。農民になりたければ、それはそれでいいのです。それが人生でやるべきことで、魂のやることだから、その人たちはバランスを実現します。

農業のやり方も、自分のやりたい方法でやる人は、たとえ大量生産につながらなかったとしてもそれでいいのです。その人たちはバランスを実現しています。

やりたくもないのに会社で働くとか、やりたくもないのに医者になるとか、やりたくない人生を生き続ける人たちは、かえってバランスの欠如を増大させています。**魂の求める経験をしている人たちはバランスを実現します。**

おカネとか名声とか、**人間の過去の刷り込みのために本当の自分を生きない人たちが増えれば増えるほど、地球のバランスは欠如していく**のです。

貧富とか善悪とか、比較や分離といったこと自体おかしいのです。**私たちは一つに融合**

しなければいけない。過去を生きている人、過去のやり方を生きたい人は、それはそれでリスペクトするしかないのです。

ワークショップでは「過去を手放す」ということもやります。私が強調したい一つのポイントは、過去を生きている人であれ、何をしている人であれ、いいとか悪いとかは一切言わないということです。例えば、ホームレスの人に対して、「薬物依存症」、「アルコール依存症」「落伍者」といったレッテルは一切張らない。金持ちでもアルコールや、ドラッグの依存症もいます。おカネがある人ならいいけど、ホームレスは人として最悪だとか、そういうレッテルを消していくのです。

ホームレスを経験する必要のある魂がホームレスになるのは、バランスを実現していきます。でも、金持ちを経験する必要のない魂の人が金持ちになっても、ただ「こうじゃなければならない」と刷り込まれただけで、バランスは一切実現していないのです。

「私ならそれはしない」と思うことをしている人がいても、私は非難せずに、彼らを反面教師と捉えるだけにしています。ただ、「私の周りにはいないで」とは思います。そういう生き方をみんながする必要があるのです。

「この人は何の役にも立たないで、ただフラフラして生きている人」というふうにジャッジしたり、レッテルを張ったりはしないことです。全ての生命は何かのバランスのために存在する理由があるのです。

もしかしたら、その人は地球にとって非常に大事なエネルギーをチャネルしているかもしれないし、それはわかりません。「こうあるべき」とか「こういう形で貢献すべき」という過去のエネルギー、過去の刷り込みは捨てなければいけないと思います。

地球で生きている全ての生命にはバランスのための目的がある

重要なポイントは、全てに目的があるということです。それを人間は理解できないし、理解する必要もありません。人間だけではなく、虫も木も、**地球で生きている全ての生命**

にはバランスのための目的があるのです。それを尊重して、干渉しないことが大切です。

アメリカのナバホ族は、昔、家をつくるのに木を切らないで倒れた木を探しました。ポリネシアの人たちは、裸でいたくないから、落ちている羽とか落ちているもので着るものをつくりました。そして、植物の茎とか葉っぱの繊維を取り出して布をつくりました。植物であれ何であれ、全てに目的があります。彼らは、人間が地球の支配者ではないことを知っていたのです。

地球の存続のために、私たちは今こそ地球の支配者ではなく、地球の世話人になるときです。全ての宗教が「私たち人間は地球の世話人としている」と言っています。

都会に住む人が田舎に住む人を「田舎者」とバカにしてはいけません。彼らはそこに住む権利があります。そして、都会に住む人は都会に住む権利があります。それをお互いにリスペクトするのです。

このバランスは20年ぐらいで実現することではありません。このプロセスがもっと進んでいくように、次の世代の子どもたちがそれを受け継いで進めていくためにも、「彼がこうしている」とか「子どもがこうしている」と言うのではなく、自分に責任を持って生きていくことをみんなに教え広めていく必要があるのです。

例えば、ドラッグや覚醒剤を経験する必要のある魂もあります。それを悪いと言うのではなく、その人がそれを経験することをリスペクトする。ただ、自分ならそれをしないというだけです。そんな社会をつくっていくことが大切だと思うのです。

ケミカルなドラッグとは違って、地球に自然に生えているマリファナのようなドラッグもあります。それを禁止するのはバランスが悪いと思います。

例えば、ケシの葉やコカインの原料のコカは自然にあるものなので使うべきです。ただし、そこから莫大な利益を得て、それによって人を支配し、いろいろなことを強制するのはバランスが欠如しています。

痛みは時に必要な経験になる
人間の意志や医療はパーフェクトではない

私が障害者になったときに、どの医者も痛み止めをくれました。それで薬物依存になったのです。私は依存を続けるか、痛みとともに生きるかを考えて、依存をやめました。もちろん楽ではなかったです。耐えられないときもありました。医者は「この薬を飲めば痛みがなくなるから、飲めば？」と言いました。薬を飲むと痛みはなくなりますが、人としての機能はなくなります。痛みは時には魂に必要な経験です。だからそのときは受け入れなければならない。誰でもそういう病気になる可能性があります。それを自分たちの利益にならないから消そう、取り除こう、治そうというのは、魂の必要な経験を奪うことになりかねません。

日本の女優が亡くなったと聞きました。ステージ1のがんとのことでした。人間は、がんになったら何でもかんでも取り除いて治そうとするけれど、結局、コロナウイルスで死んでしまう。これは人間の意志とか医療はパーフェクトではないことを教えていると思います。人間の思い通りではなく、魂が決めることなのです。

人間の脳がカルマのバランスを邪魔する AIが進化しても宇宙の意志には勝てない

人間はいずれ死にます。脳も死にます。でも、人間の脳は、いつまでもコントロールを諦めたくない。私たちが脳で学んだ全ては死にます。ともにスピリットワールドに行っても、バランスが欠けたものは残るのです。

人間は、足が短いから新しい足をつくろうとか、耳や手がなくなったら新しい細胞でつくり出そうとします。それは魂が必要な経験を奪うことになります。人間の脳が、思いどおりにしたい、何かを実現したい、病気を治したいと思うことがバランスの欠如をつくるのです。

ＡＩなどテクノロジーが進化したといっても、宇宙の意思には勝てません。もちろん医者が必要なときもありますが、古代の癒やしのやり方は、もっともっと価値が出てきます。例えば、足を1本なくした人は足のない人生を経験することを魂が必要としています。何かを培養して足を1本新しくつくるのは、カルマのバランスの邪魔をしています。

今の人間の脳は、人間のバランスを欠如させています。もっと五感を使うことで、よりナチュラルな魂のガイダンスとともに、バランスを持って生きられるのです。

五感を使っていると、自然と第六感、第七感が出てくるのです

五感をもっと使うことで、人間には7つの感覚があることに気づきます。六感の上です。でも、「第七感」と言うと、みんな五感を無視してしまうので、私は言わないようにしています。

「それって宇宙意識ということですか」と言う人もいますが、それは五感を使うことで自然と進化させていくことなのです。本でも第七感のことを書くと、「第七感って何？」というところだけに意識が行ってしまいます。

五感を使えば使うほど未知の感覚が出てきます。五感を完全に使うまでは、そこにはたどり着けません。五感を使っていると、自然に第六感、第七感が出てくるのです。

人間はあまりにも脳にパワーを与え過ぎています。今、脳は「臓器の一つ」というポジションです。今までは脳がナンバーワンだったのですが、これからは、脳は一つの器官という扱いになるのです。

プラスとマイナスの真ん中を見つけながら両面のエネルギーを使いこなす時代

今は脳の延長からＡＩテクノロジーが出てきました。それがどんどん膨張して悪用される可能性があります。

AIにはポジティブな側面とネガティブな側面の両方があると思います。水瓶座の時代に重要なのは、ポジティブとネガティブの真ん中を見つけて、それを生きることです。人間以外の全ての生命は、男性と女性、プラスとマイナスの両方のエネルギーがあることをちゃんと受け入れています。

より多くの人たちが、男性と女性の両方のエネルギーを使っていいということを学んできました。別にセクシュアルな意味で真ん中ということではありません。より多くの男性が子育てや家事をしています。より多くの女性が仕事をしています。両方をするというバランスを見つけつつあるのです。女性が家を建てたり、タクシーを運転したり、男性しかしなかったことをするようになりました。両方のエネルギーを使っています。それが今の時代です。それもバランスです。

ネガティブなことをしている人を見たときに、「そんなことをするな」と言うのではなく、「自分はそれをしなければいいんだ」と思えばいいのです。

そうすれば、ネガティブな行動をポジティブに変えられます。それもバランスです。人を見て非難したり、それを変えさせたりするのではなく、自分はそれをやめようと思えばいいのです。

例えば、犬や子どもが虐待されていたら、その感情にのまれるのではなく、「自分はそんなことはしないようにしよう」と考えたり、虐待されている犬や子どもに何かポジティブなことをしようと思うのが、ポジティブに変えていくということです。

不倫など過去の価値基準だけで人を裁くのは魂が必要な経験を邪魔することになる

意識を研ぎ澄ませて五感を働かせるのはどうしたらいいでしょうか。

例えば、結婚していようがしていまいが、その人に惹かれて体の関係を持ったら、それは自然なエネルギーを生きるということです。**その人は自分のエネルギーに本能的に生きています。**

「あいつは不倫した」と言って過去の刷り込みで非難をするのは、自然なエネルギーをとめてしまいます。人のしていることを一切ジャッジしないことはとても大事です。

全ての宗教は創設者が言ったことを変えてしまっています。

自分たちが支配するために、神はこう言ったとか、ああ言ったとか、自分に都合よく言って変えているのです。神はいろいろなものを創り出した。そして宇宙も全てを創り出した。そこではバランスが必要です。宇宙が創り出したもので、「これは悪い」とか「これはしてはいけない」というものは、私はないと思います。魂のバランスのためには全ての人に経験が必要です。

「既婚者はほかの異性と会ってはいけない」とか「体の関係を持ってはいけない」というのは、過去の支配のための価値基準です。それを持ち出して人の経験を裁くのは、それぞれの魂が必要な経験を邪魔しています。あらゆることに対して、過去のやり方ではなく、新しいやり方でやっていこうと背中を押してあげたほうがいいのです。

宇宙人からの叡智を潰す勢力がいる この状況が続けば、第2、第3のコロナを招く

例えば、電気を使わなくても済む方法があります。でも、大企業はそれを潰《つぶ》してきました。一般の人たちがそれを使うと、自分たちのおカネにならないからです。

アメリカのテスラという人、自動車のテスラではありません、彼は電気をつくり出す方法を発見しましたが、エジソン側の大企業によって潰されました。

一般の人たちが代替エネルギーを使うようになると、さらに多くの情報にチャネルできるようになります。宇宙人は害を与えない方法で電気をつくる方法を地球人に与えているのに、それも全部潰されています。それを潰す勢力があるからなのです。無料でエネルギーをつくる方法は、自分たちのおカネにならないし、コントロールにもつながらないからです。でも、これからは過去の縛りを解き放つときです。

日本人の科学者で、風を使って自由にエネルギーをつくっている人がいます。風車とかあんなレベルではありません。原子力とか電気でもない、完全にクリーンなエネルギーです。日本政府を含め、どこの政府もそれを抑圧しています。日本の電力会社もそれを潰しにかかっています。ガソリンが必要のない車もできているはずなのに、大企業が絶対に外に出さないように抑えているのです。

そういうことをやっていると、第2、第3のコロナが来ます。天変地異が起こって地球が壊れます。気をつけていないと、皆さんの孫は地球に生まれてこれないというところまで来ています。だから政府とかメディアが言うことをうのみにしてはいけないのです。

多くの人は「私なんか何の力もない」と思っています。だからこそ、みんなが立ち上がって、1人が2人、3人、4人になってチームをつくって取り組んでいかなければいけないのです。ウイルスであれ、病気であれ、自分の魂に従ってください。

今のように規制がいろいろかかっている中でも、「私はあそこに行きたいんだ」というフィーリングがあるなら、そうすべきです。

スピリチュアリティは平等で全ては同じ価置がある

例えば、アメリカのエリートたちは霊的なワークショップには絶対に行きません。スピリチュアルのティーチャーに家に来いと言っています。サイキックのイベントでも、みんなと一緒に参加するのではなくて、「おまえらが来い」と言って雇うのです。

ある有名なアメリカの女優もそれをしたと思います。サイキックと仕事をするために、自分でサイキックを雇って、一般人が行けないような高額なワークショップを開催して、そこにお金持ちだけを呼ぶ。「私たちは上だから」という優越感があるのです。

この上下関係は、これからどんどん消えていきます。おカネのある人も、おカネのない人もおいでよというふうに、だんだんなっていきます。日本でも、有名な人たちはプライベートでは来るけれども、自分から一般の人が行くようなイベントには来ません。自分が一般人のように見られたくないからです。

私は、その女優に「おまえが来い」と言われたので、「ノー」と言いました。でも、知り合いのサイキックは行ったのです。彼は今、病気だと思います。おカネのためにスピリチュアリティーを捨てて、平等さを生きなかったのです。彼とは友達ですが、それ以来、交流していません。彼はおカネのために、**「スピリチュアリティは平等で、全ては同じ価値がある」**という生き方を捨てたのです。

もちろん彼のやっていることは好みません。でも、私は彼にはそうする権利があるし、それを愛そうと思いました。彼のやっていることを好きになる必要はありませんが、彼の中には魂の光があります。彼は別に悪党ではありません。彼の思考と脳とエゴの部分がそこに誘惑されただけです。彼はそこで勉強して、また戻ってくると思います。地球がなければ、ほかの惑星に行くかもしれません。または今度はアリとして生まれて、誰かに踏まれてしまうかもしれません（笑）。

集合意識のバランスがとれてくると霊的レベルの高い人が転生してきて地球破滅はなくなる

この本は一人一人の意識を目覚めさせるために書いています。

身勝手な魔法なんかないし、「ここに行けばよくなる」なんてものもない。それぞれが自分の本能的五感に目覚めるしかないのです。それがトータルのバランスに貢献します。

それができないなら地球はなくなります。過去を手放して、思考で生きるのではなく、五感で生きるしかない。それから、人の権利を邪魔しない。子どもに、ああしろ、こうしろと言ったり、自分が思ういい・悪いを人に課さない。一人ひとりがそれをやれば、集合意識のバランスがとれてきて、世の中に反映していきます。バランスがもたらされると、非常に霊的レベルの高い人たちが地球に転生してきます。そうすると、地球はもっとよくなって、破滅の危機がなくなるのです。

コロナがしばらく続くと、世の中のシステムは変わります。変わらざるを得ないのです。私は（2020年）6月にワシントン州のタコマでイベントをします。6月にアメリカに来る人たちは、みんな世界家族を生きることになります。いろいろな規制があったとしても、彼らはもうおカネを払っているし、来ることを計画しています。みんながそれぞれ自分の行きたいところに行くことが世界のバランスに役立ちます。おカネがないから行かないとか、どうのこうではなくて、**自分がここに行きたいと感じることに対して行動していくのです。**

私は、本当は（2020年）4月15日に日本に来る予定だったのですが、情勢は毎日変わっていました。この調子だと、もしかしたら飛行機がとめられる可能性がありました。デルタ航空に電話したら、3月23日だったらチェンジできると言われて、それに乗りました。26日から規制がかかったので、ギリギリでした。

友達には「日本に行ったらウイルスに感染する」と言われました。私は「アメリカにいたって変わらないんじゃない?」と言いました。どこにいようが、かかるべき人はかかる

自分の本能的五感に目覚める、人の権利を邪魔しない
一人ひとりがそれをやれば、
集合意識のバランスがとれてきて
世の中に反映していきます
バランスがもたらされると、
非常に霊的レベルの高い人たちが地球に転生してきます

のです。ウイルスとともに生きるか、ウイルスで死ぬか。そんなことはどうでもいいのです。必要ならそうなるだけだし、寿命が来れば死ぬのです。

例えば、64歳で死ぬので、そこまでに必要な経験をしていこうと思っている魂であれば、64歳になったらコロナで死ぬかもしれないし、事故で死ぬかもしれないし、がんで死ぬかもしれない。飛行機が落ちて、そこから逃げられる人もいれば、死ぬ人もいます。30名生き残って、90名死亡ということもあるじゃないですか。どちらにしろ、死ぬべき人は死ぬし、死ぬべき人でなければ生き残る。どうでもいいのです。

必要なことをしたならば、あとは魂の決断です。そこにフォーカスして、不安がって、恐れていたら、来た意味がないのです。

いずれにしろ、みんな死ぬのです。誰もそれがいつかわかりません。私は2002年に死ぬと言われて、家族にも、どっちみち死ぬと言っていました。でも、まだ生きています。

これからは腹をくくる時代です。たとえ死んでも、それは何かのバランスです。みんながその準備をしておくべきだと思います。腹をくくると自由になるのです。

時間の概念を捨てることで人間の能力は進化してテレポーテーションも可能に

レムリアとかアトランティスは、私たちの今の社会に比べたらよっぽどマシです。レムリアの人たちは、電気とかを使わなくても光がありました。現代でもそれは実現できます。でも、おカネと支配と階級社会のために、いろいろなものが実現しないのです。だから私は、それを壊そう、奴隷をやめようと言っているのです。

アトランティスでは、人間がつくり出した時間感覚がなかったので、長距離の旅も簡単にできました。イメージで、いろいろなところに遠隔で行けるのです。

例えば、何時に大阪に行くのに新幹線に何時に乗るというのではなく、東京から大阪へ、ポンとテレポーテーションするのです。人間は時間があるから、テレポーテーションはできません。人間が全てをコントロールしているからです。**本来、時間に縛られなければ、人間はテレポーテーションできるのです。**

みんなテレポーテーションのやり方を論理で知ろうとします。だからうまくいかないのです。**まずは時間の概念を捨てることで、いろいろな能力が進化します。五感を研ぎ澄ますとともに、「時間」という概念を捨てるのです。**

マヤの人たちも時間を捨てました。時間をつくり出すことで、善悪の概念をつくり出します。それは権力者にとって好都合です。

私のおばあちゃんはモンゴル人です。おばあちゃんは、あした一緒にランチを食べようというときに、待ち合わせの時間を決めずに、「あした、あの山で会おうね」と言います。大体このくらいだろうなという感じで行くと、先に着いたほうは瞑想して待っています。相手がおくれて来ても、「遅いじゃないか」ではなく、「瞑想する時間をくれてありがとう」と言うのです。

そういうふうに私たちは変わっていかなければいけません。一度には変われないので、まずは、それぞれが自分の時間を生きていくことから始めましょう。それが五感です。相手が必ずしもあなたの時間に同意するわけではないので、時計を見て時間を合わせなければいけないときもあります。私も「10時半に迎えに行くね」と言われたら、もちろんそれに合わせます。でも、ふだんは腕時計をしないし、時間を見ないようにしています。

私は時計とか人間がつくり出した時間に縛られないで生きています。

例えば、「12時だ。御飯を食べよう」ではなくて、「おなかがすいたな」という自分の胎内時計に従っています。一日のうちのどこかで時間を忘れるとか、今週末は自分の体内時計で生きてみるとか、そういう時間を持つことが結構大きいのです。夜になったら寝るとかではなく、寝たいときに寝て、食べたいときに食べる。

人間がつくり出した時間は、いろいろな制限や抑圧をつくり出しました。9時には職場にいるというのもそうです。もちろん職場には行きますが、結局は同じ量の仕事をやるわけだから、「9時」と決めるのではなく、それぞれの時間でいいのです。

コロナにはいろいろなものを変えていくポジティブな側面もたくさんある

より多くの人が、コロナをきっかけにして自分に合わせた働き方をするようになるでしょう。在宅ワークもその一つです。会社という箱に入れられて、決まった時間に行くのではなく、もっともっと自分に目覚めていくと思います。そういう仕掛けがコロナにはあるのです。

コロナには、いろいろなものを変えていくポジティブな側面がたくさんあります。権力者は時間をツールにして支配してきましたが、それも変わります。みんながより平等になっていくのです。もちろんすぐには変わりません。時間もかかるし、もっと努力もしなければいけない。それぞれが取り組んで、それぞれが自分で責任をとることで、徐々に目覚めていくのです。

人の期待を背負って生きるとか、夫としてこう生きようとか、妻としてこう生きようとか、社会ではこうあるべきだからという義務感をみんなが捨てていかなければいけないのです。義務感を生きるということは、よりカルマをつくっていくということです。「ねばならない」というのはナチュラルでありません。自発的にすることは、自分がそうしたいからしています。過去の「こうあるべき」というものでやろうとするのは、バランスの欠如になるのです。

オリンピックはこれまでのおカネを意図したような大会にはならない

コロナが出てきて国との関係も変わってきました。

2021年、日本でオリンピックがありますが、意図したとおりにはならないと思います。オリンピックは、もともとアスリートを称えるためのものでした。それが今は、全ておカネ、おカネ、おカネです。アスリートたちが大金持ちになるのではなく、オーガナイザーとか大企業だけが儲けています。そういう今までのおかしなあり方は変わっていくと思います。

コロナウイルスは、一旦は終息しても、2021年また戻ってくると思います。それぞれのアスリートが立ち上がってほしいのです。そんな大きなスタジアムなんか要らない、見たい人は来てください、来なくてもオーケーだよというあり方も必要になります。おカネになろうとなるまいと関係ないというのが本来のオリンピックのあり方です。それに気づいてほしいのです。

ある意味、コロナはポジティブなことをたくさんします。コロナ自体はネガティブだし、ネガティブの中に入っていって増殖するのですが、それがポジティブをつくっていくのです。アスリートも立ち上がるときです。アスリートは大企業が金持ちになるためにトレーニングをしているわけではないと気づいてほしいのです。テレビ放映権とか○○協会とか、ある組織の人たちが儲かるために一生懸命やるのは、ある意味、奴隷です。それをやめることです。

撮影カメラとかにはそんなにおカネはかかりません。そんなにおカネをかけなくてもオリンピックの放送はできるのです。アメリカの放送局が独占契約しようとするから、どんどん値段が上がっていくだけの話です。チケットの当選確率が何百倍とか、チケットをくじのようにするのも間違っていると思います。支配者と金持ちは特別チケットをもう持っています。くじを引くのは一般人だけです。

ファミリービジネスやっているロサンゼルスの知り合いは、オリンピックゲームの席をもうちゃんと持っています。既にそういう関係があって、代々いいシートをとれることが決まっているのだそうです。おカネがあるからです。政治家の世襲制と同じです。

私たちはあまりにも刷り込まれて洗脳されています。でも、「あの人の息子には投票しない」ということをみんなが行使すればやめることができます。「あの家はずっとそれをやってきたから」という理由で、一般人の生活を知らない政治家の子どもに投票して、そういう人が政治家になって国を間違った方向に持っていくのです。それは一人ひとりの責任です。支配者たちは、あなたたちを麻痺させて、いいように操っているのです。

第三次世界大戦が起こる危険性……地球は、水や火の機能を使い大浄化を起こすことになる

２０２１年は第三次世界大戦が起こる可能性が高まります。もちろん予見はできないですが、ある国同士がぶつかって、そこから戦争に発展していく危険性がある。

それはいつごろ起こるのかと、私たちはつい人間時間にとらわれてしまいますが、アフターコロナをクリアできないと、その可能性があるのです。

もし第三次世界大戦になったら、地球は破滅です。

でも、地球にはもともと浄化の機能が備わっています。

結局、最後は水没させて水で浄化します。これから海面上昇が世界中の至るところに起きてくると思います。火山などの火の浄化もあります。

ずっと前からいろいろな警告があったのに、みんなそれに気づかず、変えようとしなか

ったのです。もうあまり時間は残っていません、もちろん人間の決めた時間ではなく、宇宙時間で見た時間のことです。

今こそ日本、世界の人たちが目覚めるときなのです。

Part 4

霊性能力を飛躍させ進化する

―― 未来創造の普遍語録

『ウィリアム・レーネン最新のメッセージ語録』より

（レーネンさんーBOKブログ）

過去のエネルギーのままではもっと強くなってウイルスは帰ってきます

今、世界中で言われていること、ほとんど真実はありません。恐怖を使って支配と被支配の構造を維持したいだけです。

ウイルスは休眠に入り、多くの人たちはまた過去に戻る可能性が高いでしょう。階級社会をサポートするありかたを続け、不平等さを続けていくでしょう。過去のエネルギーにしがみついていくでしょう。しかし、そうなればウイルスは、より強くなって帰ってきます。

今、それぞれが目覚めなくてはならないのです。本当の自分を知り、感じれば感じるほど、世の中で言っていることと真実は違うことに気づくのです。五感を使えば使うほど、このウイルスが役割を終えるためには、それぞれがそれぞれの場所で本当の自分に立ち上がることだと理解するのです。

すべての生命がそのままでいる、ある権利をリスペクトすることだとわかるのです。リスペクトのエネルギー、本当の自分を生きる満足、喜びのエネルギーにあふれたとき、もちろん、2021年にそうなるなんて話ではありませんが、このウイルスは役割を終えるのです。

ウイルスを抹殺し、人間がこの地球で最も偉大で最も値する――そういう過去のエネルギーは、地球を破滅に向かわせるのです。特に子どもを持つ方、皆さんの子ども、その子ども、このままであれば非常に困難な未来を経験する可能性が大きいのです。地球が瀕死の状態であることをメディアは報じません。

2020年の後半から4つの風の神々は記録的嵐を起こすことに合意しました。地震、洪水、様々な自然災害が起きますが、このまま過去のやり方を維持し、自分だけにフォーカスをすることを続けるのでしょうか？　このままでは、皆さんが、転生する地球はなくなる可能性もあるのです。

リスペクトのエネルギーが広がるほど抗体が広がり、コロナは仕事を終えるのです

コロナウイルスは、仕事をしており、宇宙のスピリットたちは観察しています。バランスという観点で見ているのです。コロナウイルスは存在する理由があり、コロナウイルスである権利があります。これをリスペクトするしかありません。

リスペクトのエネルギーが広がれば広がるほど、もっと抗体のエネルギーが広がり、コロナウイルスは仕事を終えるのです。もちろん、来月とかではなく、もっともっともっと時間がかかるでしょう。皆さん、リスペクトを生きることです。すべての生命がバランスのための経験をしています。あなたがしないことをしていても、その人にはそうする権利があり、好きになる必要はありませんが、その権利を愛する、リスペクトするその土台を今、構築する必要があるのです。

見知らぬ人にはそうなれますが、家族、友人にもそれを生きる必要があるのです。ホー

ムレスを経験したい子どもにはそうさせてください。バランスを実現するのです。全ての生命、バランスのために存在しています。アリ、ゴキブリ、鳥、地球のバランスのために必要なのです。あなたが、怠け者、何もしないと裁く人たちでさえ存在する目的があり、それは何かなんて知ることはできません。よい悪い、正しい間違いなんてないのです。すべては、バランスのために存在しています。

今、皆さんが過去に刷り込まれたこと、過去のエネルギーを手放すときなのです。過去のエネルギーにあふれればあふれるほど地球はバランスを実現できません。一人ひとりの生き方が、大きな力を持つのです。

詳細な計画はしないこと
自分を尊び愛せば、未来は自動的に開いていく

多くの方、私のところに来てこの選択は正しいか？　こうやって、ああやっていくことは正しいか、そういうことをたずねますが、ポイントは、あなたを尊び、愛するということ

とです。

今、何をすべきか、あなたを尊び、愛する行動をすることです。誰が何をする、しない、そんなことはよいのです。あなたは、あなたを尊び、愛する選択をするかということです。

過去、あらゆる形を作ることが安定だと刷り込まれました。同じ仕事を続け、結婚をし、家庭を作り、同じことを続けていくことですが、もうそうではないのです。すべての生命が経験を通してバランスを実現するチャンスなのです。形を作りすぎるとバランスを実現するチャンスがないのです。

宇宙、スピリットの世界、あなたが本当に値するものを与えようとしていますが、あまりに詳細な計画を立てたり、形がありすぎるとブロックとなり与えられません。自分を尊び、愛する行動をし、あとはどんなものがもたらされるか、未来は自動的に開いていくのです。

未来を考えすぎる、心配する、ブロックを自ら創造しているだけです。思考で知ろうとする、計画する、形作り、実現しようとせず、行動をし、あとはどんなものがもたらされるかを知っていこうでよいのです。よく感じるならやろう、よく感じないならやらない、シンプルなのです。それが、あなたをどこに導くかでよいのです。

思考のコントロールから外れて即興に生きるとさまざまな次元とつながります

これまで使わなかった脳の部分を使うと、運動で使ったことがない筋肉が痛むのと同じように痛むことがあります。脳は膨張しても頭蓋骨が膨張しないので不調を感じますが、この感覚に適応していく必要があります。痛み止めが必要なのではありません。使ってこなかった脳を使うのです。

障害のある人が使ってこなかった脳を使うと、より生産的に生きられます。私は、歩けるはずがないと言われますが、使わなかった脳を使えば使うほど、いろいろなことが可能になります。得意なこと、もっと得意にしていきます。

発想力（アイデア）を持ってください。そして即興で生きる、そうすると宇宙が皆さん

を必ず導いてくれます。うまい歌手、テクニックはうまくても感情、その瞬間、瞬間の瞬間的反応を出さず、完璧と思うテクニックだけにこだわるというのは、即興がないのです。宇宙が、その歌手を通して観客に与えようとするエネルギーを、歌手が思考で完璧になろうとコントロールすれば、ブロックしてしまうのです。この高度に知的偏重の社会は、大きな制限をかけたと思います。

発想力、即興、これら全ては、脳のコントロールから外れて、宇宙のエネルギーを感じ、さまざまな次元とつながり生きることに通じるのです。

過去のエネルギーを一掃すれば新しいやり方にもオープンになるのです

楽しむセックスの付き合いと、義務的なセックスの結婚生活には大きな違いがあります。楽しむセックスは、魂が必要な経験であり、義務でするものとは違います。今、あなたの脳、思考での刷り込みよりも、魂の影響がもっと大きいことを忘れないでください。義務で――働く、家族を養う、誰かといる、面倒を見る――この地球にバランス欠如のエネルギーを増やしているのです。そういうものには、バランスが実現されるための経験がもたらされるだけです。

これまで、重要な日、旅、人間関係を覚えておくように刷り込まれましたが、そういう情報を記憶しておく必要はもうないのです。起きたことの正確な日を覚えていたい、過去の経験を覚えていたい、それなら紙に人生の歴史を日記のように書き出してください。過去の情報が必要なら、この日記を見ればよくて、記憶しておく必要なんてないのです。

「今と平和を生きる」、「宇宙の意識がもたらす全ての経験、出来事を喜んで、進んで経験します」と毎日、毎日、宣言してください。皆さん、過去には家族、教育、宗教、文化で抑圧されてきたのです。自分以外の誰か、何かの期待を生きれば霊的成長に必要な経験をしないということになります。この人生を無駄にするのです。この人生の魂の意図を生きるためにもあなたの内、外にある過去の刷り込み、エネルギーに影響を受けないことが大切です。

「今と平和を生きる」
「宇宙の意識がもたらす全ての経験、
出来事を喜んで、進んで経験します」
と毎日、毎日、宣言してください

過去の刷り込み、過去のエネルギーを手放し、捨てることで今を生産的に生きられます。家族、教育、宗教、文化の抑圧はもう必要ないのです。この人生の魂の意図を生きる人たち、ポジティブなエネルギーを地球に広げ、全ての生命にポジティブな影響を与えます。必要な経験からは逃れられない、必要ではない経験をしない、それを今、生きるときです。これが、過去を手放すということです。

コロナの状況はずっと続きません。制限がゆるくなるときが来ます。そしてまた、制限が課されるときが来ます。集合意識に影響を受けないでください。あなたが本当にしたいこと、値するもの、準備をしておくことです。ゆるくなったときに行動できるよう準備が必要です。そのためにも、過去のエネルギーにあふれ、翻弄されていると自らチャンスを逃すのです。過去のエネルギー、今、ますますあなたをいろんな意味で傷つけるのです。これから必要なのは、過去のエネルギーの手放し、直感力、サイキック能力なのです。これらがあればあるほど、どんな状況でもあなたにとって適切な行動ができますし、どんな状況でも新しいやり方にオープンになるのです。

未来創造に影響するエネルギーの仕組み
常に冒険的に生きていくというあり方がいかに大事か

喜び、笑い、楽しむことを生きてください。それが、世界のさまざまな出来事を中和するのです。お金をかけなければ喜び、笑い楽しむことは実現できないなんてことはありません。喜び、笑いを生きてください。楽しんでください。

今、ネガティブな集合意識に非常に影響を受けるのです。過去のエネルギーにネガティブな集合意識が入り込んでくるのです。

過去のエネルギーを一掃し、浄化する必要があります。あなた自身、あなたのいるスペース、常に浄化をしなくてはならないのです。過去のエネルギーがある、そこにこのネガティブな集合意識が入ってくるのです。

過去世、この人生を含めた過去のエネルギーを手放し、浄化をするのです。非常に大切です。

過去のエネルギーが多い方たちがいます。昨日は、別な次元と同じなのです。もう変えることはできない、祝福して手放すのです。過去にしがみつくと、サイキック、ヒーリングの能力は進化しません。本当の自分を知ることができなくなって、何をするべきかがわからない、どうすれば幸せを感じるかもわからなくなるのです。

過去のエネルギーが多いと、それが未来を創造していくのです。過去をベースにしてしまうのです。才能、能力がある人でも、仕事を失って前にしたことと同じことしかできない、前と同じようなところでしか仕事を探さない……過去のエネルギーにあふれているのです。どの業界でも使えて、どの業界でもやっていけることに気づかないのです。過去のエネルギーが、こうやって未来を創造するのです。才能、能力にフォーカスをすればあらゆる業界で仕事ができるのに、そこにフォーカスをしないからエキサイティングな未来が創造されないのです。

過去を手放し、今を生きる、それを意識的にしないとそうなるのです。過去をいろんなレベルで手放し、浄化する、エキサイティングな未来に重要です。

皆さん、今、変化の時代なのです。望む、望まないに関係ないのです。未来永劫に存続する形、システムなんてないということを思い知らされるのです。既存の安定なんてないと知らされるのです。この変化の時代に過去の影響を受けない、非常に大切なのです。過去の影響をベースに決断をする、未来でも過去のエネルギーを生きれば、うまく行かなくなります。水瓶座の時代、過去のエネルギーはうまく行かないのです。過去のエネルギーはモノ、記憶、刷り込みなどです。

奴隷からの真の解放のために一人ひとりがそれぞれの場所で立ち上がるのです

昨日（2020年5月12日。巻末の動画配信を参照）、都内でイベントを行いました。参加された方、非常にオープンに聞いてくださり、私も楽しめました。まったく違う道を歩く人たちが集まりました。皆さんが知っている人たち、知らない人たち、すばらしいミックスでした。

私たちが創造したエネルギー、これが広がっていくはずだと思います。一人ひとり、それぞれの場所で立ち上がってください。違うと感じるものに立ち上がっていくのです。

長い間、一般の人たちは奴隷だったのです。今も、起きていること、支配と被支配の構造を維持するために恐怖が使われています。支配者たち、膨大なお金を持っている人たち、過去の構造を維持したいのです。一般の人たちを思いやるようなふりをしていますが、実際に一般の人たちが本当は何を求めているかなんて興味がない人たちです。一般の人たちを知ろうともしていないのです。

皆さん、皆さんの子どもたち、またその子どもたちに同じことをさせたいですか？　そうしている間に地球は本当に破滅に向かうかもしれません。平等、リスペクト、偏見の克服に取り組むことです。誰かがやってくれる、何かの団体がやってくれるなんてないのです。一人一人が立ち上がることです。立ち上がる、デモをすることではなく、それぞれの場所で自分を尊び、愛するということです。

過去を捨ててください。過去の刷り込み、過去のエネルギー、過去を手放し、まったく新しい世界の創造に貢献するのです。過去のエネルギー、まったく役立たないだけではなく、過去はあなたを傷つけ、新しい世界に対処できなくなるだけです。

この変化のとき、あなたの魂は何をあなたに経験して欲しいのかを発見する必要があります。もうお金をいくら持つか、稼ぐかということではないのです。もちろん、お金を稼いでもいいのです。もし、それがあなたの魂が望むことであれば、です。

全ての人にとって大切なことは、自分の未来に責任を取ることです。政府にいる支配者たち、お金の支配者たち、私たち一般人にとって何が現実的かなんてわかっていません。今を生きるためには過去を手放し、過去の考え、恐怖、誤解も手放していかなければならないのです。過去の出来事を忘れることはありませんが、過去のことを考え続けるのは止めることです。こうすればよかった、違っていたかもしれない、そんなこともうどうでもいいのです。終わったことにいつまでもしがみついていても何も変えられないのです。

多くの方、未来に向けて欲しいと思うもの、期待するものを実現しようといろいろ計画しますが、結果に失望するだけなのです。多くの人、前進するよりも間違ったと思うか、または、自分を責めます。ポジティブなアイディア、フィーリングが合ってもいいですが、考えすぎる、期待しすぎることは避けてください。考えすぎれば、エネルギーの流れを止め、宇宙とスピリットティチャーがもたらそうとするものを制限します。

皆さんの中に社会、親の刷り込みがたくさんあり、それが新しい世界を創造する今、「今を生きる」妨げになるだけです。

私は、エネルギーを見たり、感じたりします。今、世の中で言われているマスクをつける、私から見て無意味です。ウイルスのエネルギーは、マスクに遮られていません。手を洗っても無意味です。毛穴から入っているのが見えます。

多くの方、こうやって刷り込まれているのです。政府、メディア、社会が言うことを鵜呑みにし、怖がっているのです。真実は全く違うのです。真実はどうであれ、あなたはどうするかということです。政府、メディア、社会が言うことに翻弄、支配されていくか、本当の自分を生きていくかということです。

社会、親に刷り込まれ、みんなが同じような形、レールを求め多くの人が不満足、フラストレーションを生きている、そしてまた刷り込みをゆるしています。**本当の真実は脳が知るものではなく感じることなのです。感じれば感じるほど真実を知り、自分にとって適切なものを選択していくのです。**

もう新しい時代は始まりました。あらゆるレベル、分野で新しいやり方をしていかなければならないのです。集合意識は過去にしがみつきます。多くの人は、過去にしがみつく集合意識にすり込まれますが、痛み、苦しみ、フラストレーションを感じるだけでしょう。損失も経験するでしょう。新しいやり方をする人たちは守られていきます。新しいやり方は、脳が創造するのではなく、感じることから創造されていくのです。

感じることをブレンドしてこなかった方、感じることを脳で理解することだと思っている方、エネルギーが視える、聞こえるということが本当はどういうことかを知りたい方、脳への依存をやめたい方、**情報を読んで学ぶ時代ではないのです。参加し、交流し、経験することで学ぶ時代なのです。**

サイコメトリのエネルギーを使っている人、そういう人はあなたが考えたことのないような生き方、考え方をしています。ほかの人がそう言っているから自分も同じように感じるなんて生き方はしていないのです。サイコメトリをすればするほどものエネルギー、自分の本当のエネルギーを感じるのです。

相手も自分もゆるすと同じことが起きにくくなります

すべての人をゆるす、それは、その人たちがネガティブでい続ける許可を与えるということではありませんが、起きたことを非難され、言われたことにあなたがネガティブに反応をしたとしても自分をゆるしてください。そして相手もゆるす、そうすると、同じようなことが起きにくくなります。

誰かの行為によって自分が経験したこと、その経験をした自分を許す、そして相手も許す、ただの経験だったと手放していくと、同じようなことが人生に起きにくくなるのです。すぐにそうなるわけではないので辛抱強く取り組んでください。ポイントは、相手をゆるすだけではないのです。その反応、経験をした自分もゆるすことなのです。

五感を使えば使うほど第六感にさらにその先の意識感覚へと広がっていく

どうすれば木とつながり、コミュニケーションができるか、どうすればスピリットとももっとつながり、コミュニケーションができるか、ステップ1、2、3があると多くの方、思いすぎ考えすぎです。

すべての基本は、五感を使うということです。**五感を使えば使うほどさまざまな次元につながり、さまざまな生命とつながるのです。このつながり、直感、サイキック、チャネルなどのエネルギーを使ってあなたを導いたり、もたらすのです。招かれるのです。**

人間はこの存在とコミュニケーションをしたい、すべて自分にフォーカスしすぎなのです。あらゆる存在があなたとコミュニケーションをしたいか、つながれる準備ができているかがわかっていないのです。**五感を使えば使うほど第六感、そしてその先がありますが、**

詳細は言いません――。
全ての基本は五感です。五感を使えば使うほど、自動的にあらゆる存在とつながるだけではなく、もたらされる、招かれるのです。人間の思考でこのゴールを実現するためにはこうして、ああしてと制限とブロックを創造するのではなく、自然な流れの中でバランスのある人たち、環境、チャンス、本当に値するものを招くのです。皆さん、脳でこういうのが見えた、聞こえたというのは、自分の脳を使っているだけなのです。それも過去のやり方、考え方であり、過去のエネルギーを生きることになります。五感を使わない、今から損失と失望を招くだけです。

すべての霊的能力の進化とは五感をベースにフィーリングを使うこと

水瓶座の時代になったのです。現在のパンデミックとさまざまな変化、この新しい時代による結果です。全ての人が、新しくレッスンを学ばなくてはなりません。過去の形や構造・レール・価値観ではなく、どう生きるかを選択して、前進し、世界を創っていくのです。**それぞれの個人、「全ての生命を愛する」というコンセプトを生きるときなのです。**つまり、すべての生命がそのままでいる、ある、言う、する権利を愛するのです。非難、批判、変えようとする、指示するは、すべてを止めるのです。近隣の人たち、コミュニティに自ら参加するのです。最も必要なこと、今を生き、過去のエネルギーを捨てるのです。過去の出来事、過去に刷り込まれた価値観、服、家具、皿、使ってないものも意図的に捨てるのです。

五感の価値に目覚めなくてはならないのです。**五感を全て使う、そうすればスピリット、宇宙人、動物、植物、環境とのつながり、コミュニケーションが始まります。**五感を、成長とすべての生命にエネルギーがあることを理解できるツールとして使うことが、非常に大きなギフトなのです。木製の椅子、テーブル、木で生きていた頃の記憶があります。すべての生命がそうなのです。五感を使うと動物、植物、水、大気が、エネルギーのある生命だと気づきます。食べ物、服を選択する際にも使えて、満足でエキサイティングなことに気づいていくのです。生きていく中で、思い通りに実現しなくても満足でエキサイティングなのだとわかるのです。

これが、直感力、サイキック能力、ヒーリング能力、チャネルの能力へと進化し、そうする人たちは人、動物、あらゆる生命の本当の動機を知っていきます。本当の姿が理解できます。

未知のものを怖がると刷り込まれ、メディア、大勢の人たちが言うことに翻弄され、非現実的な現状に恐怖を抱くのではなく、あなたにとっての真実は何かに気づき、スピリットの世界、宇宙が今、世界にもたらそうとする新しいエネルギーをあなたの生き方、あり方、行動で広げていくのです。

質問をする前、どうしようかと考える前に、答えはもうあるのです。

なぜならば、自分をよく知っていれば、答えが望むものではなくても、やるべきことだとわかるのです。答えを知っているなら、考えていないで行動をしてください。答えをず

五感を全て使う、
そうすればスピリット、宇宙人、動物、植物
環境とのつながり、コミュニケーションが始まります

っと考えて行動しないでいると、誰かが集合意識の中で実現し、バランスをもたらしてしまうのです。人間関係、仕事、引っ越し、誰かがやってしまうのです。

多くの方、直感、フィーリングを進化させられないのは、感じてもそれが自分の期待と合致しないことで思考を優先してしまう、つまり本当の自分をリスペクトしないからなのです。五感に客観性を持てば持つほど、思考では期待していないけれども必要な決断をしていくのです。五感に客観性を持つとは、音、匂い、味など感じることに、よい悪いではなく、ただそうなのだという意識に達するということなのです。

魂の意図・目的、つまりバランスを実現する人生を生きる決意をするかどうかということなのです。

サイコメトリをすればするほど本当の自分自身を感じ始めるのです

サイコメトリを使うと、あなたの今いる次元から別な次元に行くのです。思考はオフにして、使わないのです。そうするといろんな次元とつながります。

目、肌、消化にも影響が出ます。サイコメトリをすればするほど、つまりもののエネルギーを感じれば感じるほどあなたが否定している、抑圧しているフィーリングが出て来るのです。もののエネルギーを感じると、思考でコントロールしてきたり、あなたが否定してきた、抑圧してきたエネルギーが刺激を受けて、自分自身を感じるのです。サイコメトリをすればするほどもののエネルギー、自分の本当のエネルギーを感じるようになるのです。

サイコメトリをサイキックリーディングと混同している人もいるでしょうし、実際にサイコメトリでサイキックリーディングをしている人もいますが、それは間違いではないですが、サイコメトリ、純粋にエネルギーを感じるものです。

サイコメトリをする、フィーリングを感じるとあなたの世界が変わってしまうのです。人と違う、違っていいという感覚に至っていくのです。みなさんは、人と同じようでなくてはならない、人とブレンドしなくてはいけないと刷り込まれています。私たちは集合意

サイコメトリを使うと、
あなたの今いる次元から別な次元に行くのです
思考はオフにして、使わないのです
そうするといろんな次元とつながります

識の一部ですが、しかしだからと言って集合意識の中にいる全ての人を好きになる必要もないし、同じになる必要もないのです。人と違う、この違いが集合意識の中にいる人たちに、「人と違っていい」という勇気になるのです。

サイコメトリを使っている人に会うと、そういう人はあなたが考えたことがないような生き方、考え方をしています。人が笑っているときに泣いたり、人が寝ているときに起きていたり、人が寒いと言うときに暑いと感じたり、本当の自分を知っていくのです。サイコメトリをすればするほど本当の自分を感じていくのです。さまざまなエネルギーを感じ分けていくのです。

今、サイコメトリ能力を進化させることが重要バランスの実現のために

多くの人は、実際に目で見る、聞こえるということにこだわり、脳にフォーカスをして

います。脳で見よう、聞こうとしています。脳で直感、サイキック能力を進化させるのではなく、五感を使えば使うほど聴覚で見える、味覚で聞こえるとなっていくのです。

五感を使えば使うほど、脳も使われてイメージが見えたり、音で聞こえるのです。先に脳を使って直感、サイキック能力を進化させようとした、それは魚座の時代には少し力がありましたが、今はもうないのです。

これは、こういうことを言っていて、こういうメッセージでということにこだわらなくていいのです。ただ、物のエネルギーによってあなたが刺激を受ける、そうすると、あなたの中にある抑圧されたエネルギーが、喜び、笑い、そういうものに刺激を受けたり、繰り返すことで、脳も使われて、見える、聞こえるになっていくのです。最初から「脳で見ない、聞こうとしない」――そうすればするほど脳が使われていくのです。

サイコメトリをすればするほど、あなたに合う、必要な食べ物、洋服、いろんなものを選択していきます。人を喜ばせたい、人が好きなものを人生に取り込みたいと思っている方々、いずれ後悔します。後悔の人生、死後にこの地球に自分を縛り付け、幽霊という存在になります。次の段階に進む、進化していこうとしないバランスの欠如を創造する存在になるのです。サイコメトリ、いろんな利点があるのです。サイコメトリの能力を進化させる、バランスの実現が重要な今、必要なのです。

サイコメトリは、あなたの五感と体全体を使うのです。誰かが持っていたもの、たとえばクリスタルを握ると、あなたはどう反応するか、そこで脳は使いません。五感と体全体の反応を使えば使うほど、脳は翻訳を始めていきます。つまり脳は使われる立場になるのです。サイコメトリとは、あなたの自然なエネルギーを知るということです。脳で書き換え、自分を固定化したり、不自然に上げるのではなく、あなたの自然なエネルギーを知る、それはあなたを信頼するということです。自然なエネルギーを生きれば生きるほど、実現しようとすることを逆に止めていきます。そして、値するもの、人、環境に招かれていくのです。

何度も何度も言っていますが、過去の刷り込みを手放し、あなたはどう感じているか、それをブレンドしなければ、この新しい時代に苦しむだけです。全てが新しい方向、やり方に向かっています。過去の論理、価値観は、もう役に立たないのです。

私は、（定期的にイベントをやる成田で）午前2時半になると毎日、宇宙船に起こされるのです。ここで宇宙船を招くことを過去に何回もやったので挨拶に来てくれるのです。コロナウイルスを怖がる、怖がるものを引き寄せるだけです。過去を手放したいなら、人間はいつ、どうやって死ぬか、誰も知らないということを生きることです。死ぬ必要があれば、事故、病気、与えられます。みなさんの魂は怖がっていません。怖がるようにと刷り込まれているだけです。

新しい時代、始まりました。どのレベルで生きていくか、それぞれの意識的な選択なのです。

交流を怖がり避けていると「エネルギーを受け取る／与える」を生きられない

人との交流は、エネルギーの交換です。**人と交流をしないのは、エネルギーを受け取る与えるを生きられないことなのです。**人との交流を怖がり避けていると、人との交流をしない結果に直面させられるでしょう。

今、本当に必要なのは人との交流、音楽、ダンス、色です。喜び、セレブレーション、笑いです。隔離によって、精神的におかしくなり、肉体もおかしくなるだけです。みなさん、どう死ぬか、いつ死ぬか、わからないのです。死が必要なら事故、病気を、魂が与えるだけです。恐怖は恐れを招くだけです。

つながり、あらゆる次元、存在とのつながり、人とのつながり、全てがエネルギーの交換であり、刺激なのです。そのために五感とフィーリングを使っていかなければならないのです。五感とフィーリング、あらゆる次元、存在と、あなたをつなげるのです。

多くの人はこのことをわかっていません。五感とフィーリングを無視し、地球にアンバランスさをもたらした過去の刷り込みの論理に依存し、脳に支配されているのです。

つながりが多い人たち、刺激、チャンス、経験、守りを受け取っていくのです。地球の未来の創造に対して、大切な存在になるのか、アンバランスさを次々と積み上げる存在になるのか、それによって直面する経験、これからますます明確になっていきます。コロナウイルスだけではないのです。次々と経験がもたらされていくのです。

秘密、隠し事がある……自ら邪悪なスピリットを招くことになります

邪悪なスピリットは、あなたの中が見えます。弱さ、秘密を見抜きます。みんなにそれを知らせてやると思っています。あなたが思っているほどには、あなたはピュアではないということを暴こうとします。弱さや秘密があるのは、あなたが不安定だからであり、邪悪なスピリットはそういうものを暴露しようとするのです。

今の時代、秘密を持ってはいけないのです。既婚者が浮気をしても、伴侶に言わない、それは秘密です。浮気をしている人、伴侶に言ったほうがいいです。それが、必ず暴露される時代だからです。

秘密、隠し事がある、そういう弱さを邪悪なスピリットは好み、秘密、隠し事があることで、自ら邪悪なスピリットを招くのです。きちんと話をして、秘密という状態を変えたほうがいいのです。「私の人生、どうしてネガティブなことばかり」と言う方は、秘密を

持っていることが原因でもあります。そのことで、邪悪なスピリットを招いている――早く気づくことです。

秘密がある、正直ではない、クリアではないということです。自分に正直で、クリアであること、そうであれば邪悪なスピリットは、あなたを傷つけられないのです。

すべての子どもにサイキック力、直感力があります。親である方は、子どものそういう力によって、無意識のうちに親の生き方を学ぶのです。逆に、子どもたちは、嘘にあふれた親たちから、嘘にあふれた人間関係を構築することを学んでしまいます。代々にわたって人間はネガティブなエネルギーをこうやって広げているのです。このパターンをそれぞれが止めていくことが、今、非常に重要なのです。

後悔する生き方をして亡くなれば スピリット世界の低次元に行くか、地球に自縛して幽霊に

後悔をする生き方をすると、死んだ後、スピリットの世界で低いところに行くか、地球

に自らを縛り付けて幽霊になるのです。

家族はこれが好きだから、社会で期待されるから、だからこれを選択する……こういう生き方をすればするほど後悔することになるのです。こうしておけばよかった、ああしておけばよかった、それが強ければ強いほど、死んだ後に地球から自ら離れないのです。イギリスの作家オスカー・ワイルドは、「死ぬときにやらないで後悔するよりも、やって後悔する人生を生きたい」と言っていました。まさにそれなのです。

多くの人が、過去の価値観にしがみついています。お金があれば、学歴があれば、有名な会社であれば、という価値観は、もう終わったのです。過去は完全に終わったのです。

新しい世界を構築するときがやって来たのです。過去を一掃し、新しい世界を創造する時であり、それはそれぞれがどう感じるかに従って生きることなのです。

特にサイコメトリは、あなたの中にあるエネルギーを感じるのに非常に役立ちますし、あなたにとって適切なものを選択するのに役立つのです。

ダークスピリット、幽霊、幽霊の記憶の浄化が、今、非常に重要なのです

人間は支配、虐待、あらゆるネガティブなことをゆるしてきたのです。皆さんの思考、そういう洗脳のような、過去の支配を論理的思考として、闇が闇でいることをゆるしてきたのです。雇用、お金のためには仕方がない、そうやって闇が存続することをゆるしてきました。そして、絡み合うようにダークスピリット、幽霊、幽霊の記憶のエネルギーが、こういうあり方をサポートしてきたのです。

それぞれがこの闇のエネルギーを浄化し、解放し、地球にもっとバランス、調和のあるエネルギーを広げるときなのです。ポジティブなエネルギーをもっと広げ、中和する必要があるのです。

殺すこと、虫、魚であれ感謝しないのは地球の生命への虐待になり、地縛を生みます

人間だけではなく植物、動物も死んだ後、地縛する可能性もあります。幽霊、幽霊の記憶になる可能性があるのです。アメリカ先住民、料理に使う植物を抜くとき、「ありがとう、使うことができるまで育ってくれてありがとう」と言うのです。死んだ植物のスピリットは光に向かいます。引っこ抜いて捨てると植物も地縛するのです。植物、動物、鳥を虐待したり、殺したりしないことです。地球にあるものすべて、目的があって存在しているのです。殺す、虫、魚であれ感謝をしない、虐待です。地球の生命への虐待です。

子どもたちが成長し、多分、政府は軍に入れと言うときが来るでしょう。そうしたら、「あなたは人の命を奪うこと、それを信じる人ですか?」と子どもにたずねてください。政府がこうしろ、ああしろと今、言っていますが、それが正しいわけでもなく、鵜呑みにする必要もなく、それぞれがハートに従って信じられないならする必要はないと伝えてく

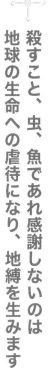

ださい。

お金と支配を手放そうとしない支配者を存続させているのは皆さんです

これまで、宇宙人は何の害ももたらさない動力を人間に伝えていますが、お金と支配を手放そうとしない一部の支配者、企業がつぶしてしまうのです。地球がこれほど危機に瀕しているにもかかわらず無視し、お金と支配にしがみついているのです。

それを存続させているのは一人ひとりの生き方です。**このシステムをずっとゆるしているのは皆さんなのです。**解雇されるからこれには参加できない、お金がかかるから参加できない、そうやって自分に責任を取ることを回避してきた、それが広がっただけです。支配とお金に屈し、それがいつまでも力を持つシステムを維持しているのです。

自分にとって適切だからやる、そうやって自分を愛し、尊ぶ人たちが増えれば増えるほど新しいやり方、新しい哲学がもっともっと広がっていくのです。そういう人たちの中で、握りつぶされた新しい動力の作り方、その他のさまざまな発明をチャネルしていく人たちがまた出て来ます。新しいやり方をすべてにおいてすればするほど、チャネルをしていくのです。自分を愛し、尊ぶ、非常に大切なのです。

皆さんの人生は、みなさんの魂とハイアーセルフが創造したのです。目的があるのです。その目的は、五感、フィーリングでわかるのです。すべての人が同じ枠の中で同じことをするためではありません。五感、フィーリングを尊び生きていくことで、地球を次の世代に渡していけるのです。

思考はいくらでも責任転嫁の言い訳を考えつきますが、それはあなたにも、地球に存在している過去のアンバランスなエネルギーにも、バランスを実現していかないのです。誰かが変えてくれるのではありません。

神とは？　宇宙意識とは？ 集合体のフォースが、人間に求めているもの

私は、さまざまな宗教を信仰する人たちから、神は誰でどんな外見をしているのか、ずっとたずねられてきました。

神は「すべての性別、人種、種、植物、動物、鳥、気づきもしない形の生命の混合した意識」であるというコンセプトに心地よさを持てると思います。

では、ブレンドした意識の神はどんな外見なのかと思うでしょう。混合された神に一つの形などはなく、それはピュアなエネルギーであり、色、音、フィーリング、感覚、味覚で姿を現すのです。

この集合体のフォースは、これは正しい、これは間違い、よい、悪いなんて見ていないのです。すべての出来事・経験を、選択するチャンスを与える――と、見ているのです。

ある選択をして、思い通りにならない結果になると、間違いだったと決める人がいます

が、ポイントは、正しい、間違いではないのです。全ての出来事、経験はそれぞれの個人が成長していくために必要なものであり、その結果も、影響を受ける全ての他の生命のバランスにとって、必要なものなのです。

色や音、動き（ダンス）を、全ての先住民、世界で長い歴史を持つ人々は使ってきました。つまり、人生に必要なのは知的な進化だけではないということです。すべての生命に、色、音、動きが必要であり、それが宇宙の意識を称える一部なのです。

すべての出来事が、誰かに、何かにバランスをもたらすのです。選択をする、その結果はどうでもよく、違うと感じればまた新しい選択をするだけのことなのです。選択の結果、それがどうであれ、バランスを実現したということです。

集合意識は、バランスと自由という状態に進化した全ての生命によって形成されます。

宇宙意識は、全ての宗教の神々たち、地球、銀河、宇宙全体を導き、インスピレーションを与える神々たちを認識しています。

全ての人がすべきこと、自分をきちんと知り、全ての人が本当の自分を知ることに邪魔をされず、すべての人がそうある、そういる権利をリスペクトすることです。人が考えること、言うこと、することを裁くことを止めることです。すべての生命が重要であり、平和と自由に値するのです。

今、あなたはどう感じるか？　で選択する必要な経験のために冒険に目覚めていくのです

皆さん、もう過去のあらゆる価値観、やり方、すべてが役に立たないときが来たのです。人間はいつか死にます。いつ、どう死ぬかはわかりませんが死ぬのです。必要な経験はもたらされるのです。どんな経験であれ、ただの経験の一つなのです。

個人的に好き、嫌いはありますが、よい悪いはないのです。あなたならしないことをしている人、その人にはそうする権利があり、必要な経験をしているのであり、あなたの主観でそれを悪いとは言えません。よい悪いを捨てていかなければなりません。それは、五

感を使う、直感、サイキック、それを超えた能力の進化へ向かえば向かうほど消えていくのです。

全ての生命がそうある権利を愛するというのは、好きになるということではありません。バランスのために経験が必要であり、過去の価値観で人を裁くことは、やめるときなのです。

コロナによって、もう元には戻りません。コロナはコロナの仕事をしています。そして、ますます多くの人が自分でビジネスを始めていきます。新しい生き方、やり方を始めていきます。今を生き、必要な経験のために冒険に目覚めていくのです。

これからどうなるか、未来を知ろうとする、意味を知ろうとする、全てをこうやって、ああやってとステップにして考える人たち、この新しい変化に適応できないでしょう。全て、今、あなたはどう感じるかで選択をし、違うと感じればまた選択をする、まっすぐな道ではなく、くねくねした道を行くのです。それがバランスを実現していくのです。冒険をしていくのです。冒険のときが来たのです。進んで冒険をしていこう、喜んで冒険をしていこう、そういう人たちはこれから何が起きても生きていくでしょう。これからも予期しないさまざまな変化が与えられます。

皆さん、冒険をしていこう、それは過去を手放すこと、五感をもっと使うことなのです。二万数千年ぶりに水瓶座の時代が戻ってきたのです。二万数千年ぶりに銀河に新しいエネルギーがやって来ました。

ますます多くの人たちが霊的に生きることに目覚めるのです。過去のエネルギー、刷り込み、もう役に立たない、歩みを止めるだけです。

これから自分自身で仕事を始めていく人たち霊的成長を実現していきます

銀河で時間の概念を持っているのは地球だけです。人間は時間を創造し、あらゆる歪みが生まれたのです。よい悪い、正しい間違い、成功と失敗を創造したのです。全ての生命が自然に持っているエネルギーの流れを止め、あらゆる霊的能力の進化を邪魔しているのです。

このコロナウイルス騒動により、これから自分で仕事を始めていく人たちが増えていきます。自分をきちんと知っている人たち、才能、能力、興味を知っている人たちは自分を売り、自分のスケジュールで仕事をし、旅をし、経験をしていくのです。霊的成長を実現していきますが、人間が創造した時間に縛られ、午前9時から午後5時まで働くという時間にコントロールされている人たち、そうすることが安定だと思っている人たちは、霊的成長があまりできなくなるのです。

必要な経験は自らしていく、そういう時代に、過去の働き方はもう合わないのです。それぞれがどう感じるかを尊び、生きていける人たちが、バランスを実現していくのです。自分を尊び新しい世界の構築に貢献するかどうか、コロナが1年以内にまた強くなって戻ってきたときに影響を受けるどうかは、それぞれのあり方、生き方にかかってきます。

霊的成長を阻む二つの質問があります。

なぜ？

誰が責められるべきか？

この二つの質問です。

世界中の人たち、コロナウイルスに対して責める誰かを探していますが、誰かを責めてもウイルスはなくならないのです。なぜ、コロナウイルスが存在するのか、どうすればいいかまたは、どうすればコロナウイルスを絶滅させられるかを知ろうとしています。何を信じるかによって、なぜコロナウイルスが広がっているかに関する理由も違ってくるのです。

答えられないことにフォーカスするのではなく、今を生きることに思考をシフトする必要があります。

このウイルスを、誰が人工的に創造したのか、なぜ存在するのかなんて知る必要はないのです。それぞれが自分の人生でどうするのかにフォーカスすべきです。

この変化の時、あなたの魂は何をあなたに経験してほしいのかを発見する必要があります。もうお金をいくら持つか、稼ぐかということではないのです。もちろん、お金を稼いでもいいのです。もし、それがあなたの魂が望むことであれば、です。

すべての人にとって大切なことは、自分の未来に責任を取ることです。政府にいる支配者たち、お金の支配者たち、私たち一般人にとって何が現実的かなんてわかっていません。今を生きるためには、過去を手放し、過去の考え、恐怖、誤解も手放していかなければならないのです。

過去の出来事を忘れることはありませんが、過去のことを考え続けるのは止めることです。こうすればよかった、違っていたかもしれない、そんなことはもうどうでもいいのです。終わったことにいつまでもしがみついても何も変えられないのです。

多くの方、未来に向けて欲しいと思うもの、期待するものを実現しようといろいろ計画しますが、結果に失望するだけなのです。多くの人、前進するよりも間違ったと思うか、または、自分を責めます。

ポジティブなアイデア、フィーリングが合ってもいいですが、考えすぎる、期待しすぎることは避けてください。考えすぎることは、エネルギーの流れを止め、宇宙とスピリットティーチャーがもたらそうとするものを制限します。

水瓶座の時代に生まれる子どもたち
多くの親よりも意識が進化しているのです

今、15歳以下の多くの子どもたち、水瓶座の時代の意識を持っています。この人生でどんな経験がしたいか、きちんとわかっているのです。多くの親たちがこの子どもたちの子どもであり、子どもたちにこうすべき、ああすべきと課すべきではないのです。

多くの親たちは、今もよい悪いを生きており、「すべては経験である」という意識に至っていませんので、子どもたちに自分たちの価値観を押し付けるでしょうが、この子どもたちはこの人生で何を経験すべきかわかっているのです。

すべての生命がそのままでいる、ある権利をリスペクトするしかないのです。経験はバランスをもたらします。すべき経験からは逃れられません。人間は、スズメバチがいれば殺します。地球上のすべての生命、ウイルスであろうが虫であろうが何かのバランスをもたらすことを理解しようともせず、自分にとって都合のいい環境を創造しようとする、それが、地球を瀕死の状態に追いやっているのです。

本当の自分を生きる、魂の目的を生きる言葉ではわかっているでしょうが……

本当の自分を生きる、魂の目的を生きる、みなさん言葉ではわかっているでしょう。しかし、本当の意味でわかっていません。本当の自分を生きる、魂の目的を生きる、いろんな抵抗に遭遇します。

コロナで、家にずっといて、何もしないことが善であり、外に出ていく人は悪、こういう状況の中で本当の自分、魂の目的を尊べる人、どのくらいいるでしょうか？

本当の自分を生きる、魂の目的を生きる、それはいろんなことが落ち着いてからではないのです。今、あなたにとって興味のあること、惹かれることをやっていくことなのです。人にどう思われるか、どう言われるかなんてことを気にすることを克服していかなければならないのです。

思考はいくらでもみなさんにストップをかけるのです。魂の望む・意図する人生ではなく、思考自体が支配できる人生を歩ませようとするのです。

あなたを知り、あなたを集合意識のために使う これが、宇宙の計画に従う生き方です

あなたは誰か、本当のあなたを知る、あなたの才能、能力を知る、それは、あなた自身にフォーカスをしています。そうではなくて、**あなたの才能、能力を集合意識のために使うのです。**あなたのためだけに使う、あなたが得られるもののために使うと、落ちていくのです。自然な流れを自らブロックするのです。きちんと自分を知ってください、自分を

知らない以上、集合意識のために貢献なんてできないのです。

自分を知る、そして五感、フィーリングでいいなと感じるなら、それをすることなのです。お金になるかならないか、人にどう思われるか、そんな生き方をし続けると、過去を生きることになり、この人生を無駄にするだけです。

ここを曲がってみようと感じたらそうすることです。もしかしたら、それが空気を浄化することに役立つかもしれないのです。そうやってみなさん、使われてください。そうすれば、出勤途中であれ、何かの約束に向かう途中であれ、どんなことを計画していても、宇宙の計画に従い、思考でコントロールせずに従ってみると、約束の時間通りにそこに到着するのです。

宇宙に使われる生き方をしてください。世の中、政府、あれをしてはいけない、これをしてはいけないと言いますが、それは宇宙の計画と違うことです。あなたが、そうしたいと感じるのであれば、それに従うことなのです。

宇宙意識に使われる人たちは魔法の杖、魔法の石に発見されるのです

私は、これが欲しい、私は、この仕事が欲しい、私はこの人が欲しい……こういう人は、私にしかフォーカスをしていないのです。この仕事、この役割、関連するすべての人にとって最も適切な人が得るという意識、つまり競争をしない意識にならない限り、宇宙に使ってもらうことはないのです。宇宙意識とつながっている人たちは、バランスのために使われます。

悪夢を見る、それは必ずしも悪夢を見る人に関係のない夢なのです。宇宙意識がそういう人を使い、悪夢がどこか、誰かのバランスを実現するのです。受け取る経験でさえ、自分に関係のないこともあるのです。

過去は、すべてが「私」でした。私が欲しい物事、私が私が……でした。しかし、すべての人ではないですが、これからは宇宙意識に使われていく人たちが増えるのです。こう

いう人たちは、魔法の杖、魔法の石に発見されます。私が、この杖、石を欲しいのではなく、魔法の杖、石のほうが、この人のところに行きたいと決めるのです。

これまでとは真逆の生き方なのです。

「私は、励まし、サポートのある仕事を受け取る準備ができています」それを宣言して生きれば、その仕事がこういうもので、この金額で、などもどうでもいいことになります。最もバランスのあるものを受け取り、それが集合意識にバランスをもたらしていくのです。脳と魂の意図をブレンドした人生がそこにはあり、この人生は満足なものになっていきます。

魔法の杖、石にこの人生で見つけられるか、次の人生になるのかは、あなた次第です。「私」が、あれやこれを得ることで、それに関連する人たちのことは考慮しない、つまり競争を生きることになれば、自然な直感の流れ、自然な流れをブロックして生き続けることになります。

仕事に応募してください、しかし、最も適切な人がこの仕事を得る、それがあなたでなかったとしても祝福して手放すことです。

地球絶滅でも転生できるように宇宙は、次の場所を準備し始めています

Part 3でも述べましたが、今、「宇宙で過去に何もないと思われていた惑星に大気が存在した」そういうニュースを目にすると思います。これは宇宙が、地球絶滅のときに、地球に転生している人たちが、次に転生できるように場所をもう準備し始めたということなのです。

宇宙で爆発する惑星がありますが、バランスを実現できずに爆発するのです。ニュースはこういうことは伝えません。今、地球はそこまで来ているのです。皆さんの孫の孫はもう地球に転生はできないかもしれないくらい深刻であり、それは支配とお金にもとづくあり方を続けているからなのです。地球を痛めつけているのです。

これまで目を覚ますためのさまざまな経験を（宇宙から）受け取っても、ずっと無視し

てきました。これから、もっともっと目を覚ます経験がやってくるのです。コロナの次には、また大きな経験を与えられます。海面上昇も起きて来るでしょう。これから、いろんな場所が水没していきます。火山爆発、経済危機がもっと出て来ます。そのような制限がある中、新しいやり方であらゆることをやっていかなければならないのです。

今、それぞれができること、それは支配に屈しないことです。

支配者、一部のお金持ち、支配を手放したくはなく、恐怖でこれからもこの状態を続けたいのです。つまり、地球を搾取し、地球を生きている生命として扱うことをしないことを続けるということです。

五感をもっと使い、世の中で言われていることの真実を自ら識別し、自分にとって適切な行動をすることです。恐怖に屈することは、支配者と一部のお金持ちの世界を維持することをサポートするのです。

今、大切なこと、それは前にも触れていますが、リスペクトです。全ての生命がそのままでいる権利をリスペクトすることです。親、子ども、友人、すべての人がすることを邪魔しないことです。全ての生命が必要な経験を通してバランスを実現できる素地を地球に創造しなくてはいけないのです。子どもの人生に干渉をしないことです。他人をよい悪いという概念で裁くのを止めることです。

そして、(何度もお伝えしているように) 何よりも五感を使うことです。五感を使えば必要な経験をし、バランスのエネルギーをもたらすのです。多くの方、やりたくない仕事、一緒にいたくもない人たちといます。地球にアンバランスをもたらし続けているのです。ホームレスを魂の経験として必要な人もいます。それをすることでバランスの貢献をします。医者になることとなんて魂が必要としてもいないのに過去の刷り込みでやっている人もいます。アンバランスをもたらしているのです。私は、みなさんに話していない能力があります。五感を使えば使うほど、そのもっと大きな先の能力が進化するだけではなく、あらゆることを新しいやり方でやる方法、アイデアをチャネルしていくのです。

一人ひとりの人間が創造しているアンバランスさが地球を危機に陥れているのです。過去の刷り込みをベースにした論理にあふれた脳にいつまでも支配され、五感を使うことを拒絶してあらゆることを言い訳に、自分を尊ぶ、愛することを止めていることに気づいて目覚めてください。

訳者あとがき

今回、思いがけなくヒカルランドの石井さん、溝口さんから本のオファーをいただきました。過去、私は、これはみんなの役に立つ内容と一生懸命に書籍化をしてきましたが、数年前から人はそれぞれに準備ができれば理解するし、ウィリアム・レーネンを通してではなくても受け取るべき情報はどこかで受け取るのだから、これがみなさんの役に立ちます的にいろんなものを出していこうとは思わなくなりました。ウィリアム・レーネンが本当に伝えていることを感じてみたい方はイベントに来ていただければという考えになっていました。

今回、ウィリアム・レーネンの来日、新型コロナという予想も予期もしない出来事の中、本人は「私は日本に行く。スピリットの世界もただそう言うし、私のやるべきことは、この大きな変化の中を通り抜けるサポートをすることだから」と言いました。

今回、予期しないオファーを石井さん、溝口さん、過去に一緒に仕事をしたマキノ出版の高畑さんからもいただきました。こういうときこそ、「条件なんて関係なく、もたらされるものは受ける」という本人の意思にもとづいてお受けさせていただきましたし、自分の主観で実現しようとするのではなく、もたらされるものを受け取る、それを私自身も経験できました。


「起きることすべて、バランスの実現であり、すべてはただの経験でしかなく、それにどう対処するかだけだ」と本人はいつも言います。

「今、地球で大切なことは、すべての生命がそうある、いる、その権利をリスペクトすることによってこの新型コロナウイルスの役目は終わっていく」とも言っています。世の中では自分に関係のない人たちがすること、言うことを批判、非難し、決してポジティブではないエネルギーが世界にあふれています。それぞれの人が、自分ならしないと思っても、人がバランスのためにしている経験をさせてあげることで新型コロナウイルスが存続できない基礎をつくっていく、それがこの本のテーマです。

ウィリアム・レーネンと出会い、仕事をして15年以上でしょうか。最初にはもう数年しか生きないだろうなと思ったのにそれを軽く超えました。人生なんて本当にわかりません。よかった経験ですら転落につながっていく、ウィリアム・レーネンとの仕事から経験できました。悪かった経験がよかった経験になっていく、それも経験できました。本当に人生はわかりません。

この仕事を通していろんな方たちと出会い、いろんな経験をしました。そのときにはわからない経験も今になってよかったと思います。すべてはつながっています。今わからなくていい、これからを知ろうとしなくていい、予期しないオファーをいただき、私の人生はまた豊かになりました。

この本は一見、衝撃的ですが、それぞれがちゃんと本当の自分を生き、リスペクトし、そしてすべての生命をリスペクトすることで、この人生に生まれた目的を達成しようということを伝えています。

最後に、最初にお会いしてからずっとずっとつながり、こういう素晴らしい表現の機会を与えてくださったヒカルランドの石井さん、溝口さん、本当にありがとうございました。お二人のお仕事はこれからも何でもやらせていただきます。

伊藤仁彦

ウィリアム・レーネン　William Rainen
1960年代より、世界的に活躍するサイキックミディアムの第一人者。
これまで米国を中心に、テレビ、ラジオ、教会、企業、大学など、さまざまなメディアや団体、また個人セッション、ワークショップを通じて、抜きん出た豊かな才能を発揮し、数多くの人にメッセージを伝えてきました。
米国ではドクター・ピーブルズをチャネルする存在として知られ、すべての人間がそれぞれの時間、空間、方法によって成長することを何よりも尊重しなくてはならないこと、宇宙の法則と霊的哲学を生きることが今、最も大事であると説いています。
現在、あらゆる概念を、2000年からはじまった水瓶座の時代にアップデートするために、ワークショップ、著作物を通して変化への対応をさまざまなスタイルで発信。水瓶座の時代のエネルギーに合致する、人々が幸せを実感する新しいあり方、考え方を提唱しています。これまでに30冊を超える著作物が日本や韓国でも発売され、また、吉本ばななさん、みよこ先生、酒井法子さんとの共著も発表しています。米国生まれ。
ウィリアム・レーネンＨＰ　http://ibok.jp/
関連ＨＰ　http://ibokjapan.com/

伊藤仁彦　いとう よしひこ
IBOK 株式会社代表取締役。

ダニエル・マクドナルド　Daniel Mcdonald（表紙絵画の作者）

オーストラリアの先住民であり、聴覚障害を持って生まれました。

先住民部族の長老の一人がアーティストとしての才能を発見し、伝統的な先住民アートを幼少期から学びました。ダニエル・マクドナルドはスピリットの世界と交信し、スピリットの世界からのテーマとストーリーをチャネルし、先住民アートの技法を使い表現しています。オーストラリアのシドニーをベースに活動をし、LGBT コミュニティでもさまざまな活動をしています。

表紙の絵画「Keeping」について：宇宙の意識のすべてのエレメントが描かれたドットペインティング。４つの風、すべての生命——スピリットの世界のそれぞれの次元、人間、動物、自然、宇宙の生命が入っています。

ダニエル・マクドナルドのサイト：https://www.deadlyhandtalk.com/

過去の支配・闇エネルギーを解き放つ!

アフターコロナと宇宙の計画

霊性進化がもたらす新しい冒険の始まり

第一刷 2020年7月31日

著者 ウィリアム・レーネン

訳者 伊藤仁彦

発行人 石井健資

発行所 株式会社ヒカルランド

〒162-0821 東京都新宿区津久戸町3-11 TH1ビル6F

電話 03-6265-0852 ファックス 03-6265-0853

http://www.hikaruland.co.jp info@hikaruland.co.jp

振替 00180-8-496587

本文・カバー・製本 中央精版印刷株式会社

DTP 株式会社キャップス

編集担当 溝口立太

ISBN978-4-86471-902-5

東西線神楽坂駅から徒歩２分。音響免疫チェアを始め、AWG、メタトロン、ブルーライト、ブレインパワートレーナーなどの波動機器をご用意しております。日常の疲れから解放し、不調から回復へと導く波動健康機器を体感、暗視野顕微鏡で普段は見られないソマチッドも観察できます。
セラピーをご希望の方は、お電話、または info@hikarulandmarket.com まで、ご希望の施術名、ご連絡先とご希望の日時を明記の上、ご連絡ください。調整の上、折り返しご連絡致します。
詳細は神楽坂ヒカルランドみらくるのホームページ、ブログ、SNS でご案内します。皆さまのお越しをスタッフ一同お待ちしております。

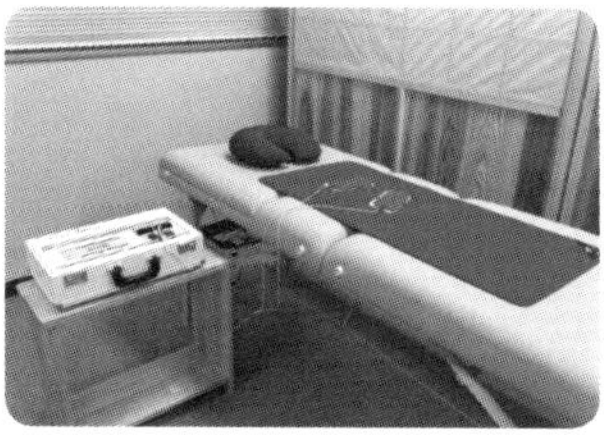

神楽坂
ヒカルランド
みらくる
Shopping
&
Healing

みらくる出帆社 ヒカルランドの

イッテル本屋

高次元営業中！

あの本、この本、ここに来れば、全部ある

ワクワク・ドキドキ・ハラハラが無限大∞の８コーナー

みらくる出帆社ヒカルランドが
心を込めて贈るコーヒーのお店

イッテル珈琲

絶賛焙煎中！

コーヒーウェーブの究極の GOAL
神楽坂とっておきのイベントコーヒーのお店
世界最高峰の優良生豆が勢ぞろい
今あなたが、この場で豆を選び、
自分で焙煎《ばいせん》して、自分で挽《ひ》いて、自分で淹《い》れる
もうこれ以上はない、最高の旨さと楽しさ！
あなたは今ここから、最高の珈琲 ENJOY マイスターになります！

ヒカルランド YouTubeチャンネル

YouTube

ヒカルランドでは YouTube を通じて、新刊書籍のご紹介を中心に、セミナーや一押しグッズの情報など、たくさんの動画を日々公開しております。著者ご本人が登場する回もありますので、ヒカルランドのセミナーになかなか足を運べない方には、素顔が覗ける貴重なチャンスです！ぜひチャンネル登録して、パソコンやスマホでヒカルランドから発信する耳よりな情報をいち早くチェックしてくださいね♪

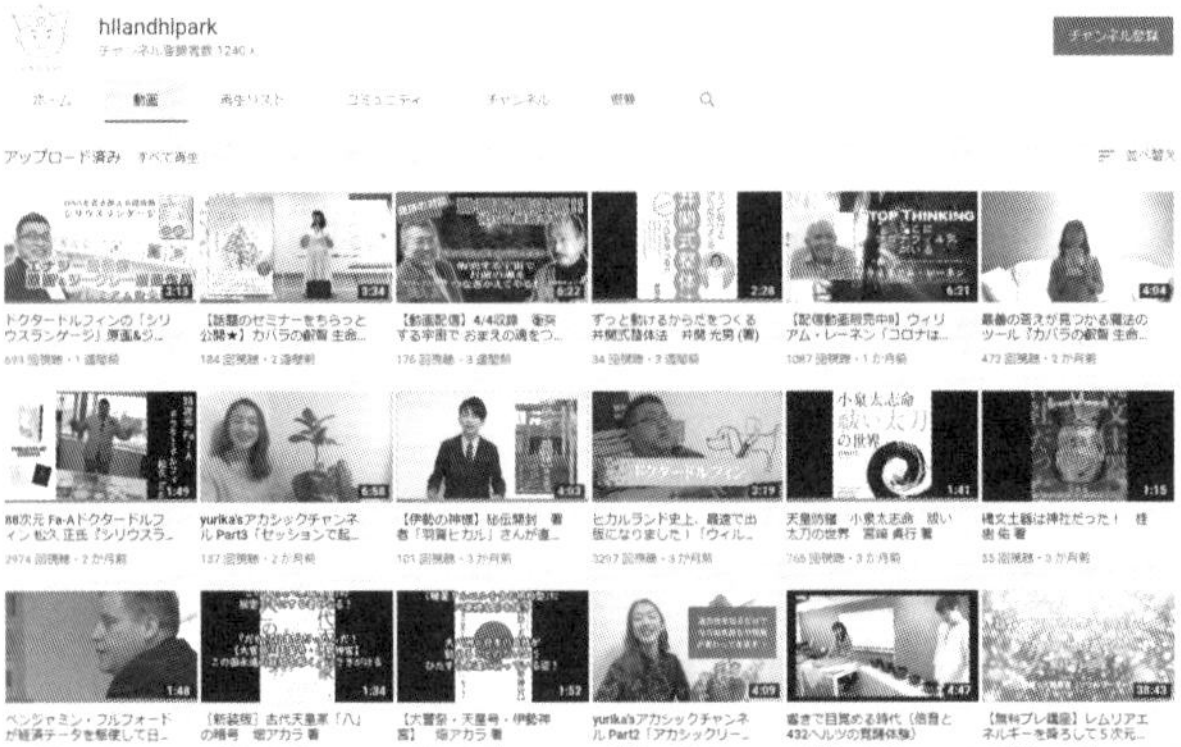

続々と配信中!!

新刊情報

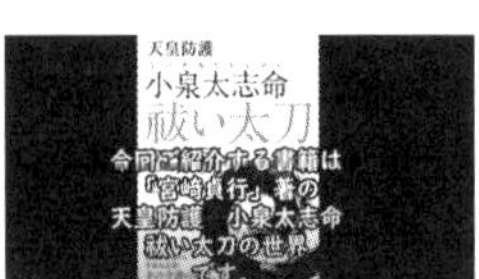

グッズ情報

著者からメッセージも!

ヒカルランド YouTube チャンネルはコチラ！
https://www.youtube.com/user/kshcoidhasohf/featured

ヒカルランド　好評既刊！

地上の星☆ヒカルランド　銀河より届く愛と叡智の宅配便

第５の脳波エネルギー
宇宙直感でピピッと生きよう
著者：ウィリアム・レーネン
訳者：伊藤仁彦
推薦：よしもとばなな
四六ソフト　本体1,700円＋税

よしもとばななさん推薦。第5の脳波エネルギーを活性化させて、ハイアーセルフに身をゆだねると、奇跡は現実になります！　人間関係、仕事、お金、将来…もうネガティブな反応（不安・不満・恐怖etc.）から、キレイサッパリさよならしましょう！　第5の脳波エネルギーにアクセスして、ハイアーセルフの意図した生き方を実践すれば、本当の満足、喜び、幸せ、安定した未来がやってきます。水瓶座の時代、激変の今を自分らしく心豊かに生きるための魂のガイダンス――。